SCIENCE FICTION

Herausgegeben
von Wolfgang Jeschke

In gleicher Aufmachung erschienen in der Sammlung TITAN – Klassische Science Fiction-Erzählungen in der Reihe HEYNE SCIENCE FICTION & FANTASY:

Titan 1 (06/3487)
Titan 2 (06/3507)
Titan 3 (06/3520)
Titan 4 (06/3533)
Titan 5 (06/3546)
Titan 6 (06/3558)
Titan 7 (06/3579)
Titan 8 (06/3597)
Titan 9 (06/3614)
Titan 10 (06/3633)
Titan 11 (06/3651)
Titan 12 (06/3669)
Titan 13 (06/3691)
Titan 14 (06/3734)
Titan 15 (06/3787)
Titan 16 (06/3827)
Titan 17 (06/3847)

TITAN 18

Herausgegeben
von
Brian W. Aldiss und Wolfgang Jeschke

Klassische Science Fiction-Erzählungen

WILHELM HEYNE VERLAG
MÜNCHEN

HEYNE-BUCH Nr. 06/3920
im Wilhelm Heyne Verlag, München

Titel der englischen Originalausgabe
GALACTIC EMPIRES 1/1
Deutsche Übersetzung von Heinz Nagel
Das Umschlagbild schuf S. R. Dodd

Redaktion: Wolfgang Jeschke

Umschlaggestaltung: Atelier Heinrichs & Schütz, München
Printed in Germany
Gesamtherstellung: Mohndruck Graphische Betriebe GmbH, Gütersloh

ISBN 3-453-30846-8

Einleitung

Galaktische Imperien sind das Absurdeste, was die Science Fiction je hervorgebracht hat. Sie sind so etwas wie eine halbseidene Liaison zwischen Wissenschaft und Prunk, wobei das Prunkvolle gewöhnlich die Oberhand behält.

Galaktische Imperien sind der spektakuläre Teil der Science Fiction.

Als solche sind galaktische Imperien häufig von ernsthaften Freunden des Genres verurteilt worden. Das mag weniger an dem Genre innewohnenden Eigenheiten liegen, als vielmehr an der Tatsache, daß ernsthafte Kenner im Verurteilen geübt sind. Man kann recht sensibel sein und doch dem Lesen Vergnügen abgewinnen, wenn Männer in schimmernder Wehr mit Fackeln herumlaufen, aus vergoldeten Helmen trinken und Kriegsrösser in Sternenkreuzer führen, ehe sie mit mehrfacher Lichtgeschwindigkeit viele Parsec weit durch das All jagen.

Mit anderen Worten, man kann diese Geschichten ernst nehmen. Nur wörtlich nehmen sollte man sie nicht. Ihre Verfasser haben das auch nicht getan. Man kann alles so oder so lesen.

Die meisten dieser Geschichten wurden einfach zum Spaß geschrieben. Aber auch der Spaß hat verschiedene Ausprägungen. Die Verantwortung des Herausgebers einer Anthologie ist es, in dem Punkt ernst zu werden, aber zuerst – ein Zitat aus einer der Geschichten in dieser Serie (Sie kommen noch zu ihr*:

> ›Metallbeschlagene Hufe klirrten auf dem Pflaster, als die zwölf Wächter Deralan über die Straße der Könige eskortierten. Die einst stolze Straße war nun von Basaren gesäumt. Rael war ein weiser, finsterer, alter Planet. Der Abschaum von tausend Planeten war zu ihm geströmt, die Heuchler, die kleinen Schwindler mit dem Geruch der Verworfenheit der sich in den Hüften wiegenden Herausforderung. Man ging nachts nicht alleine durch die Straßen von Rael.‹

* in TITAN-19 (HEINE-BUCH Nr. 06/3949)

Verblaßter Glanz ist oft eine der Attraktionen galaktischer Stories. Die Straßen von Rael sind schmutzig und verkommen, aber das tritt hinter dem pittoresken Bild, das sie bieten, zurück. Auf tausend Welten wie Rael geleiten uns ihre Verfasser instinktiv zur nächsten Taverne, anstatt uns zu zeigen, wie die Kanalisation funktioniert (es sei denn, unser Held entkommt durch ihre Kanäle) oder wie die Ratten sich zum Nutzen aller versammelt haben. Sie kennen unseren Geschmack.

Was die Verfasser hingegen tun, ist, uns eine Geschichte zu erzählen, die mit fremden Geschöpfen geschmückt ist, mit Schwertgeklirr, faszinierenden Gerätschaften und – vorzugsweise – schönen Prinzessinnen. Die Geschichte selbst ist in ihrer Art meist ziemlich traditionell, und ihr Problem wird durch schnellen Witz, Mut und brutale Gewalt gelöst. Wenn das wie das Rezept für ein Märchen klingt, so ist bei Märchen anzumerken, daß sie uns verzaubern und unser Wahrnehmungsvermögen erweitern. Michael Shaara hat das in seiner Geschichte folgendermaßen ausgedrückt.

›Die Geschichte der Erde und der ganzen Menschheit verblaßte einfach, tauchte in der Versenkung unter. Sie hörten von großen Rassen und Welten ohne Zahl, deren grenzenlose Regierung die Galaktische Föderation war. Die Märchen, die Legenden, die Träume von tausend Jahren waren plötzlich Wahrheit geworden in Gestalt eines kleinen alten Mannes, der nicht von der Erde stammte. Es gab viel für sie zu lernen und in sich aufzunehmen, und alles das im Zeitraum eines einzigen Nachmittags auf einem fremden Planeten.‹

Neben diesem Stoff, aus dem Legenden sind, ist Wissenschaft dünn und schal.

Ich behaupte, dies ist es, was die Autoren uns hauptsächlich geben. Und doch gibt es eine Moral, die immer wieder wie ein eisiger Wind durch die Straßen von Rael weht, durch die galaktische Geschichte: daß es besser ist zu regieren, als regiert zu werden. In mehr als einer der Geschichten dieser Reihe werden die

Regierten im Laufe der Erzählung zu den Regierenden. Falls diese Botschaft ihren Empfänger nicht ganz erreichen sollte, so gibt es für ihn in einem der nächsten Bände* einen besonderen Abschnitt, der sich »das andere Ende des Stocks« nennt, in dem Mack Reynolds und seine Kollegen uns das vorexerzieren. Mark Clifton und Alex Apostolides haben (in diesem Band) auch etwas Wichtiges zu sagen.

Moral ist etwas Schönes, aber man möge dabei den Luxus nicht vergessen. Das Charakteristischste dieser Geschichten ist unleugbar ein gewisser Luxus, der sich auf den Nebenschauplätzen zeigt. Man muß diese hingeworfenen Erklärungen einfach lieben, die in ein paar Zeilen den ganzen Prunk der Technik und das Tudorhafte der Vergangenheit vereinen.

›Er folgte ihrer schwankenden Gestalt durch die mit Gobelins geschmückten Korridore in kleine Räume und an eichenvertäfelten Türen vorbei. Sie kam an eine glatte Wand, griff nach oben und drückte ihre rosafarbenen Fingerspitzen gegen einen rosenroten Stein.

»Die Muster an meinen Fingerspitzen lösen einen Lichtmechanismus im Inneren des Steins aus«, erklärte sie. »Das ist besser als jeder Schlüssel.«

Irgendwo summte ein Motor, und die Felswand begann sich zu drehen.‹

Man muß einfach Spaß daran haben, wie Schurken oder Helden einander durch die fernsten Galaxien verfolgen. Man muß Spaß daran haben, wie an jeder Straßenecke alte Rassen, schreckliche Geheimnisse, uralte Kräfte oder einfach tückische, alte Teleportatoren auftauchen. Und man muß die hochherrschaftlichen Frauen lieben.

Man muß dazu sagen, daß die meisten dieser Geschichten in einer unschuldigen Zeit geschrieben wurden, lange vor Women's Lib und häufig zu einer Zeit, als die Autoren selbst noch

* Der Zyklus der »Galactic Empires« erscheint als die Bände TITAN 18 bis 21 in der Reihe HEYNE SCIENCE FICTION & FANTASY.

recht unschuldige, junge Männer (oder Frauen) waren. So werden Mädchen wie Daylya, »deren Schönheit wie ein warmer Ruf in der Nacht war«, recht romantisch betrachtet. Cordwainer Smiths Commander ist da mit einer Frau, die er ganz prosaisch liebt, eher ein Einzelfall. Die Schönheiten, denen Sie hier begegnen, neigen eher dazu, unter höchst finsteren Begleitumständen zu materialisieren und sich an-(oder aus-)zuziehen wie Alys in der prunkvollsten Geschichte in dieser Serie.*

›Er betrachtete die geschwungene Linie ihres ungeschmückten Halses, ihre bloßen Schultern und Brüste, ihre schmalen Hüften, den glatten, festen Leib – alles in der modischen Nacktheit der Inneren Marschen entblößt. Dies war kein Kind mehr!‹

Das hoffen wir alle inständig. Oft klingt eine Note der Sehnsucht und der Verzweiflung an, wenn die Heldin verloren ist. ›Er erinnerte sich des Klangs ihrer Stimme, der Süße ihrer Lippen und liebte sie. Eine Million Jahre, und sie war wie Staub im Nachtwind . . .‹

Manche Kritiker haben behauptet, sie fänden etwas Bösartiges an der Vorstellung einer Galaktischen Zivilisation, und stellten Verbindungen zu imperialistischen Neigungen der Amerikaner her. Mir scheint dies absurd; die Geschichten sind nicht mit einer derartigen Last der Interpretation belastbar. Nichtsdestoweniger ist bemerkenswert, daß alle wirklich guten Exponenten galaktischer Imperien Amerikaner sind, mit einer Ausnahme (dem größten von allen – Olaf Stapledon). Vermutlich sahen die Briten, die immerhin einmal ein Imperium besaßen, die Angelegenheit etwas nüchterner.

Ein anderer, oft gehörter Einwand ist, daß wir moralisch noch nicht einmal reif sind, unsere eigene Welt zu regieren, so daß der Gedanke, wir könnten uns zu anderen Welten ausbreiten, gera-

---

* TITAN-19 (HEYNE-BUCH Nr. 06/3949)

dezu beleidigend ist. Dieser Einwand würde stärker wirken, wenn die Autoren sich tatsächlich an Prophezeiungen heranwagten oder uns zu zeigen versuchten, wie wir tatsächlich die Galaxis erobern könnten. Aber natürlich ist nichts der Wahrheit ferner. Sie interessieren sich nur für das ewige Geschäft der Schriftsteller, nämlich das Interesse der Zuhörerschaft zu wecken und ihren Lesern eine gute Geschichte zu erzählen und ihnen gleichzeitig dabei ein paar Wahrheiten unterzujubeln. Mit Vorhersagen hat das überhaupt nichts zu tun. (Ich bin allerhöchstens bereit zuzugeben, daß, sollte die Erde wirklich einmal ein galaktisches Imperium errichten oder in eines aufgenommen werden – sagen wir in dreihundert Jahren –, diese Idee vielleicht in unserem kollektiven Rassenunterbewußtsein im zwanzigsten Jahrhundert geschwärt hat – ganz besonders in jenem Teil des Rassenunterbewußtseins, das sich Poul Anderson nennt.)

C. S. Lewis – im allgemeinen ein sehr kluger Kritiker der SF – brachte einen anderen Einwand gegen die galaktische Erzählung vor, als er sich beklagte, daß der Autor ›dann daran geht, eine ganz gewöhnliche Liebesgeschichte, Spionagegeschichte, Schiffbruchgeschichte oder Verbrechensgeschichte zu entwickeln. Mir scheint dies geschmacklos. Alles, was in einem Kunstwerk nicht benutzt wird, richtet Schaden an.‹ Für einen klugen Beobachter der Science Fiction-Szene verkennt Lewis hier die Dinge in erstaunlichem Maße. Wir lesen die Liebesgeschichte, die Spionagegeschichte – oder was auch immer sonst – eben *weil* sie auf einem fünfzig Kilometer langen Raumschiff spielt, *weil* sie auf einem Planeten spielt, wo die Sonne jede Stunde um die volle Stunde verfinstert wird, *weil* sie in der Hauptstadt des größten Imperiums spielt, die das Universum je gekannt hat. *Diese Kulisse ist es,* die unsere Emotionen anspricht, und das Wissen, daß wir von legendären Personen lesen, die Hunderte von Jahren in der Zukunft leben. Wir würden die Geschichte nämlich ungelesen beiseite legen, wenn sie hier und heute spielte.

Sage ich damit dann, daß diese Anthologie reiner Eskapismus ist? Wenn ja, dann erlauben Sie mir, den Geist von C. S. Lewis noch einmal heraufzubeschwören, diesmal auf der Seite der Gerechtigkeit (der meinen). Er fand den Vorwurf des Eskapismus verblüffend. ›Ich habe ihn nie ganz verstanden, bis mein Freund, Professor Tolkien, mir folgende sehr einfache Frage stellte: »Welche Klasse von Menschen, meinst du wohl, würde sich am meisten mit der Vorstellung von Flucht und Eskapismus befassen und wäre ihr feindlich gesinnt?« und gab dann darauf die naheliegende Antwort: »Gefängniswärter.«‹

In diesem Zusammenhang stellte ich fest, nachdem ich die Stories gesammelt und in ihrer Folge aufgereiht hatte, daß die Mehrzahl von ihnen das erstemal in den fünfziger Jahren veröffentlicht wurden. Das mag zum Teil daran liegen, daß damals sehr viele SF-Magazine gedruckt wurden – mehr als je vorher oder nachher. Aber ein wesentlicherer Teil der Erklärung liegt ganz bestimmt darin, daß dies die Zeit des kalten Krieges war, jener eisigen Jahre, in denen der Osten und der Westen sich jeder über einem Haufen H-Bomben gegenübersaßen. Die Erde war damals für die Phantasie nicht sonderlich bewohnbar, es war erleichternd, auf Reisen zu gehen. (Und Sie werden feststellen, daß in einer Anzahl dieser Geschichten, der Begriff der *Strahlung* als finstere und oft eigenartig unrealistische Bedrohung erscheint).

Wie in den vorangegangenen Anthologien dieser Serie* habe ich mich praktisch darauf beschränkt, aus den SF-Magazinen auszuwählen. Es gibt viele SF-Anthologien auf dem Markt; wenige ihrer Herausgeber scheinen irgend etwas anderes als andere Anthologien studiert zu haben. Mich interessiert es, Geschichten, nicht notwendigerweise von berühmten Autoren, vor der Vergessenheit zu bewahren, die – aus dem einen oder anderen Grund – heute noch lesbar sind und Vergnügen bereiten.

Die vier Bände dieser Anthologie** enthalten sechsundzwanzig Geschichten aus vierzehn verschiedenen Quellen und einem Zeitraum von vierunddreißig Jahren. Einige jener Magazine wa-

* Es handelt sich dabei um die Sammlungen »Space Opera«, »Space Odysseys«, »Evil Earths« und »Perilous Planets«. Sie werden ebenfalls als TITAN-Bände im Rahmen der Reihe HEYNE SCIENCE FICTION & FANTASY erscheinen.
** Sie erscheinen als »TITAN 18« bis »TITAN 21«.

ren obskur, einige sehr populär. Die meisten gehören der Vergangenheit an wie die Dinosaurier. Sie waren großartig, so lange es sie gab. Auch sie bildeten ein Imperium, das verschwunden ist.

Wir drucken hier die ursprünglichen Einleitungstexte ab, die beim ersten Erscheinen mit den Geschichten erschienen. Diese Texte waren damals eine Kunstform eigener Art. Wo solche Einleitungstexte nicht zur Verfügung standen, wurden sie gefälscht.

Brian W. Aldiss

ERSTES BUCH

Aufstieg und Glanz

Teil Eins

Ein Gefühl für Perspektiven

In weit voneinander entfernten Regionen herankeimend, überwältigten diese Imperien mit Leichtigkeit alle subutopischen Welten, die sich in ihrer Reichweite befanden. So breiteten sie sich von einem Planetensystem zum nächsten aus, bis am Ende ein Imperium mit dem anderen den Kontakt herstellte.

Dann folgten Kriege, wie es sie in unserer Galaxis noch nie zuvor gegeben hatte. Flotten von Welten, natürlich und künstlich, manövrierten zwischen den Sternen, um einander zu täuschen, und vernichteten einander mit weitreichenden Strahlen subatomarer Energie. Die Gezeiten der Schlacht fluteten hin und her durch das All, und ganze Planetensysteme wurden aufgelöst. So mancher Weltgeist fand ein plötzliches Ende. So manche niedere Rasse, die keinen Anteil an der Auseinandersetzung hatte, wurde in der himmlischen Kriegsführung, die um sie herum wütete, hingeschlachtet.

Olaf Stapledon: STAR MAKER

Manche Ideen sind so mächtig, liegen so dicht bei den Grundfesten des menschlichen Denkens, daß sie sich in Bereichen breitmachen, wo sie scheinbar keinen rechtmäßigen Platz haben. Die Vorstellung der Zyklen oder der Jahreszeiten ist eine solche. Das christliche Denken ist mit der Vorstellung eines ewigen Reichs vertraut, aber ›auf der Erde‹, in der Wirklichkeit, dauert kein Reich ewig. Auch die schemenhaften galaktischen Imperien der Science Fiction sind nicht für die Ewigkeit gebaut. Die Galaxien selbst übrigens auch nicht.

Für jene, die am Äquator leben, oder jene, die auf Planeten oder Jahreszeiten leben, mag die zyklische Natur des Universums weniger augenfällig sein. *Mag sein.* Aber die Grundbedingungen des Lebens, das Geborenwerden, das Gebären und das Sterben machen uns gewaltsam mit der Bedeutung des Wandels der Zeiten vertraut. In diesem Abschnitt beginnen wir nach der Art von Mutter Natur mit dem Frühling der Imperien.

Und doch könnten viele der Geschichten in diesem Abschnitt ebenso gut ans Ende gehören. Betrachten Sie den Fall von Jeff Otis, der irgendwelche Ruinen auf dem Planeten eines Doppelsterns untersucht. Die terrestrische Zivilisation greift endlich in den interplanetarischen Weltraum hinaus, und schon sind fünf Planetensysteme eröffnet worden. Dieses hier wird für die Kolonisation vorbereitet. Und dann kommt Otis einer der fremden Kreaturen etwas näher. Wie H. B. Fyfe in seiner wunderschön aufgebauten Story erzählt, besitzt dieses Geschöpf ein Stückchen Information, das alle Perspektiven verändern wird.

Eigentlich seltsam, daß Ruinen eine derartige Anziehungskraft für Science Fiction-Autoren besitzen. Dies ist Teil des gotischen Erbes dieser Literaturgattung (der »gothic novel« vor allem des 19. Jahrhunderts) und gleichzeitig, wie ich glaube, ein Symbol der Art, wie wir uns selbst sehen – als Lebende in den Ruinen religiösen Glaubens oder einer tieferen Kultur. Erst im letzten Jahrzehnt hat man der Science Fiction kritische Aufmerksamkeit gewidmet; die meisten Kritiker haben festgestellt, in wie verblüffender Art die Science Fiction, indem sie den Realismus aufgab und sich auf den Surrealismus zu bewegte, eine besondere Art von Spiegel für ihre eigene Zeit liefert. Man könnte sagen, daß die galaktischen Imperien erfunden wurden, weil uns Sehnsucht nach jener Art kosmischer Kohäsion erfüllt; ihre Tendenz ist ebenso religiös wie materialistisch.

Seien Sie also nicht überrascht, wenn aus jenen Geschichten unerwartet alle möglichen Implikationen hervorspringen. Die Implikation in Michael Shaaras Geschichte betrifft das Böse und seine Beziehung zur menschlichen Rasse. In der Art und Weise, wie sie große Stücke des Raums und der Zeit als selbstverständlich annimmt, ist es eine typische Science Fiction-Geschichte – eine Freiheit, die für so viele von uns der Grund ist, daß wir SF lesen. Und wie nicht anders zu erwarten, verändert sich die Perspektive dabei.

Dies war übrigens die erste oder zweite Geschichte Shaaras, die gedruckt wurde. Er war einer der vielen neuen Autoren, die Anfang der fünfziger Jahre auftauchten. Kürzlich hat er für seinen Roman über den Bürgerkrieg *The Killer Angels* einen Pulitzer Preis bekommen.

Die zwei einleitenden Geschichten von Arthur C. Clarke und R. A. Lafferty sind kurz. Sie dienen als Ouvertüre für das große Thema kolonialer Expansion. Sie bereiten die Szene vor, liefern ihr einen Bezugsrahmen. Clarke erinnert uns auf eine für ihn charakteristische Art, daß das Große und das Kleine miteinander verbunden sind. Beide sind Teile der Prozesse, die im Universum am Werk sind. Ein Prozeß, der insgesamt dem Menschen gegenüber gleichgültig ist. Es mag durchaus sein, daß das Eindringen des Menschen in das Universum, wenn er je so weit kommt, eher ein lemminghafter als ein rationaler Fortschritt sein wird.

Was R. A. Lafferty angeht, so erinnert er uns . . . nun, Lafferty ist ein sehr komischer Mann und daran erinnert er uns auch. Wir werden auf der langen Reise nach draußen ebenso einen Sinn für Humor wie einen Blaster brauchen.

Sicher kennen Sie die Geschichte von den Affen, der Schreibmaschine und den vollständigen Werken Shakespeares? Michael kannte sie auch ... aber dann ging er daran, sie zu beweisen –!

R. A. Lafferty

Eine Sekunde der Ewigkeit

Es endet nicht mit einem – es *beginnt* mit einem Wimmern.

Es war eine Dämmerung, die alles entzweiriß – ein flammendes Leuchten, gemessen an dem jedes künftige Licht weniger als das schwache Flackern einer Kerze ist – Hitze, an der gemessen die Hitze aller künftigen Sonnen nicht mehr als ein ausgebranntes Streichholz ist – die Polaritäten, die für immer die Spannung errichteten.

Und in seiner Mitte ein Wimmern, so empfunden wie jenes erste Rucken, das darauf hindeutete, daß die Zeit begonnen hatte.

Die zwei Herausforderungen standen da, größer als der Radius des Weltraums, der geboren wurde; und eine schwache Kreatur, Boshel, stand in der Mitte, zu zaghaft, um eine der beiden Herausforderungen anzunehmen.

»Äh, wie lange werdet ihr beiden wegsein?« nuschelte Boshel.

Das Schöpferische Ereignis war die Revolte, die das Nichts entzweiriß. Die beiden Seiten formierten sich, verfeindete Nationen des Blitzes, aufgespalten über dem jähen Abgrund. Zwei Vorkämpfer standen sich gegenüber mit einer Bitterkeit wie nie zuvor – Michael in weißes Feuer gehüllt und Helel im schwarzpurpurnen Schein. Und mit ihnen ihr Gefolge. Allegorisch hat man es später als Hinnahme und Ablehnung ausgedrückt und als Gut und Böse, aber am Anfang war es die Polarität, die das Universum nährte.

Zwischen ihnen, wie ein Pygmäe, stand Boshel alleine in wimmerndem Zögern.

»Raus mit dem Urmetall, wenn ihr mit uns kommt!« grollte Helel wie Donnerhall, als er in seiner Wut sein Gefolge davonführte, um eine neue Ansiedlung zu gründen.

»Äh, werdet ihr vor dem Abend zurücksein?« wimmerte Boshel.

»Geh zur Hölle!« brüllte Michael.

»Den Einfaltspinsel kannst du behalten!« schnaubte Helel. »Der hat nicht einmal genug Schwefel in sich, um ein Scheißhaus anzuzünden.«

Die zwei großen Heerscharen trennten sich, und Boshel blieb alleine im Nichts zurück. Er stand immer noch da, als es einen zweiten kleinen Ruck gab und die Zeit ernsthaft begann, die Schote in einem Regen von Funken platzen ließ, die anwuchsen und davonzogen. Er stand immer noch da, als die Funken Form annahmen und anfingen, sich zu drehen, und er stand auch noch da, als das Leben auf den kleinen Rußstäubchen begann, die sich von den Funken gelöst hatten. Eine ganz lange, lange Zeit stand er da. »Was machen wir mit dem kleinen Knilch?« fragte jemand aus der unteren Hälfte der Hierarchie Michael. »Schließlich kann er uns doch nicht dauernd die Landschaft verschandeln.«

»Ich werd' fragen«, sagte Mike. Und das tat er.

Aber Michael bekam gesagt, daß die Verantwortung bei ihm läge, daß Boshel für sein Zögern bestraft werden müsse, und daß es bei Michael läge, die geeignete Strafe zuzumessen und dafür zu sorgen, daß sie auch vollzogen wurde.

»Weißt du, er hat die Zeit am Anfang stottern lassen«, sagte Mike zu seinem Untergebenen. »Er hat da einen Zufallsfaktor eingeführt, der alles beeinträchtigte. Es muß eine Strafe sein, die etwas mit der Zeit zu tun hat.«

»Hast du eine Vorstellung?« fragte der Untergebene.

»Ich werde mir etwas einfallen lassen«, versicherte Michael.

Eine ganze Weile später blätterte Michael eines Nachmittags an einem Zeitschriftenstand in Los Angeles in einem Buch.

»Hier steht«, tönte Michael, »wenn man sechs Affen an sechs

Schreibmaschinen setzte und sie lange genug schreiben ließe, würden sie sämtliche Werke Shakespeares genau niederschreiben. Zeit ist etwas, wovon wir genug haben. Das wollen wir versuchen, Kitabel, und sehen, wie lange es dauert.«

»Was ist ein Affe, Michael?«

»Ich weiß nicht.«

»Was ist eine Schreibmaschine?«

»Ich weiß nicht.«

»Was ist Shakespeare, Mike?«

»Jeder kann Fragen stellen, Kitabel. Hol das Zeug zusammen und fang an mit dem Projekt!«

»Es klingt wie ein recht langwieriges Projekt. Wer wird es überwachen?«

»Boshel. Das ist genau das Richtige für ihn. Das wird ihn Geduld lehren und einen Sinn für Ordnung, und ihn mit der Majestät der Zeit beeindrucken. Das ist genau die Strafe, die ich gesucht habe.«

Sie beschafften das Zeug und übergaben alles Boshel.

»Sobald das Projekt abgeschlossen ist, Bosh, ist deine Wartezeit um. Dann kannst du dich der Gruppe anschließen und mit uns anderen deinen Spaß haben.«

»Nun, immerhin besser, als herumzustehen und nichts zu tun«, sagte Boshel. »Es würde schneller gehen, wenn ich die Affen erziehen dürfte und die dann Kopien anfertigen könnten.«

»Nein, es muß ganz zufällig getippt werden, Bosh. Du hast schließlich den Zufallsfaktor ins Universum gebracht, also mußt du ihn auch ausbaden.«

»Irgendeine besondere Ausgabe, der die Kopie entsprechen muß?«

»Die Ausgabe der Blackstone Readers mit siebenunddreißigeinhalb Bänden in einem, die ich hier habe, würde genügen«, sagte Michael. »Ich habe mit den Affen gesprochen, und sie sind damit einverstanden. Ich habe achtzigtausend Jahre dazu gebraucht, um sie soweit zu bringen, daß sie reden konnten. Aber das ist ein Nichts, wenn man von der Zeit spricht.«

»Mann, sprechen wir vielleicht von der Zeit!« stöhnte Boshel.

»Ich habe einen Handel mit den Affen abgeschlossen. Sie werden gegen Langeweile und Müdigkeit immun sein. Dir kann ich das gleiche nicht versprechen.«

»Äh, Michael, da es ja eine ganze Weile dauern kann, hätte ich gerne gewußt, ob ich vielleicht irgendeine Uhr kriegen kann, um zu sehen, wie schnell alles läuft.«

Also machte Michael ihm eine Uhr. Es war ein Würfel aus bearbeitetem Stein, der an jeder Kante ein Parsec maß.

»Du brauchst sie nicht aufzuziehen, du brauchst überhaupt nichts damit zu machen, Bosh«, erklärte Michael. »Ein kleiner Vogel wird alle tausend Jahre kommen und seinen Schnabel an diesem Stein wetzen. Du kannst ablesen, wie die Zeit verstreicht, wenn du zusiehst, wie der Stein kleiner und kleiner wird. Das ist eine vorzügliche Uhr mit nur einem beweglichen Teil, dem Vogel. Ich kann nicht garantieren, ob dein Projekt beendet sein wird, wenn der ganze Stein abgewetzt ist, aber du kannst immerhin feststellen, daß Zeit verstrichen ist.«

»Besser als gar nichts«, sagte Boshel, »aber es wird ziemlich langweilig werden. Trotzdem glaube ich, daß dies ein ziemlich mittelalterlicher Zeitbegriff ist.«

»Das glaube ich auch«, sagte Michael. »Aber ich will dir sagen, was ich tun kann. Ich kann dich an diesen Stein anketten und dafür sorgen, daß ein anderer großer Vogel dich im Sturzflug anfliegt und dir Stücke deiner Leber herausreißt. So stand es in einer Geschichte in einem anderen Buch an diesem Zeitungsstand.«

»Du machst mich ganz schön fertig, Mike. Das wird nicht notwendig sein. Ich werd' mir die Zeit schon irgendwie vertreiben.«

Boshel setzte die Affen an die Arbeit. Sie waren dazu abgerichtet, willkürlich auf die Tasten der Schreibmaschine zu dreschen. Innerhalb einer kurzen Zeitperiode (wie die Größeren Geschöpfe die Zeit zählen) hatten die Affen schon ganze Shakespearesche Worte produziert: so zum Beispiel das Wort ›Last‹, das in der zweiten Szene des ersten Akts von *Richard III.* zu finden ist; ›Geh‹, das sich in der zweiten Szene des zweiten Akts von *Julius Cäsar* findet, und ›sei‹, das in der allerersten Szene im ersten Akt von *Der Sturm* vorkommt. Boshel empfand das als sehr ermutigend.

Einige Zeit später produzierte einer der Affen zwei Shakespeare-Worte hintereinander. Um diese Zeit war die Heimatwelt Shakespeares (die zugleich die Heimatwelt des Zeitungsstands in Los Angeles war, wo eine große Idee geboren wurde) schon lange nicht mehr im Geschäft.

Nach einer weiteren Weile hatten die Affen ganze Sätze geschrieben. Bis dahin war schon ein gutes Stück Zeit abgelaufen.

Die Schwierigkeit mit dem kleinen Vogel bestand darin, daß sein Schnabel anscheinend gar keiner besonderen Schärfung bedurfte, wenn er alle tausend Jahre kam. Boshel entdeckte, daß Michael ihn mit einem ganz schmutzigen Seraphimstrick hereingelegt hatte und den Vogel die ganze Zeit mit Pudding gefüttert hatte. Der Vogel wischte nur zwei- oder dreimal leicht an dem Stein und verschwand dann für weitere tausend Jahre. Und doch war nach höchstens tausend Besuchen ein unverkennbarer Kratzer an dem Stein wahrzunehmen, ein höchst hoffnungsvolles Zeichen.

Boshel begann zu erkennen, daß die Aufgabe zu schaffen war. Ein Affe – und nicht einmal der brillanteste von ihnen – produzierte schließlich einen ganzen Satz. ›Sein oder nicht sein, das ist die Frage?‹ Und in diesem Augenblick geschah etwas anderes. Für Boshel kam das recht überraschend, weil es das erstemal war, daß er es je gesehen hatte, aber er würde es noch milliardenmale sehen, ehe es fertig war.

Ein winziges kosmisches Stäubchen am äußersten Rande des Weltraums begegnete einem anderen Stäubchen. Das hätte nicht ungewöhnlich sein sollen; Stäubchen begegneten dauernd Stäubchen. Aber dieser Fall war anders. Jenes Stäubchen – in entgegengesetzter Richtung – war das äußerste im ganzen Kosmos gewesen. Da kann man sich nicht voneinander entfernen. Das Stäubchen (ein wimmelndes Konglomerat bevölkerter Welten) betrachtete das andere Stäubchen mit Augen und Instrumenten und sah seine eigenen Augen und Instrumente, die es zurückbetrachteten. Was das Stäubchen sah, war es selbst. Die kosmische tetradimensionale Sphäre war fertiggestellt. Das erste Stäubchen war sich selbst begegnet, wie es aus der anderen Richtung kam, und der Weltraum war durchquert.

Dann brach alles zusammen.

Die Sterne erloschen, einer nach dem anderen. Eine Milliarde nach der anderen. Alpträume des Fallens! All die abgedunkelten Gestirne fielen ins Nichts, das nichts als Abgrund war. Nichts blieb übrig, außer einer winzigen Schote im Nichts, und ein paar zusammenhanglose Dinge wie Michael und seine Kollegen, und Boshel und seine Affen.

Boshel empfand einen Augenblick lang Unruhe: er hatte sich an den Anblick des sich ausdehnenden Universums gewöhnt. Aber er hätte nicht unruhig zu sein brauchen, es begann alles von vorne.

Ein paar Milliarden Jahrhunderte tickten lautlos dahin. Wiederum platzte die Schote in einem Regen von Funken auseinander, die dahinzogen und wuchsen. Sie nahmen Form an und begannen sich zu drehen, und aufs neue erschien das Leben auf den Rußstäubchen, die jene Funken abgeworfen hatten.

Immer wieder geschah dies. Jeder Zyklus schien verdammt lange zu dauern, während all das geschah; aber im Rückblick waren die Zyklen nur wie ein Licht, das an- und ausgeht. Und im längeren Rückblick waren sie wie eine hochfrequente Wechselstrommaschine, die eine atemberaubende Zahl solcher Zyklen in jeder Nanosekunde produzierte und sich äonenlang weiterdrehte. Und doch begann Boshel, sich zu langweilen. Es gab einfach kein anderes Wort dafür.

Als erst ein paar Milliarden kosmischer Zyklen vollendet waren, hatte der Uhrfelsen eine Kerbe, in der man ein Pferd hätte verstecken können. Der kleine Vogel kam oft zurück, um seinen Schnabel zu schärfen. Und Pithekos Pete, der schnellste der Affen, hatte jetzt völlig zufällig den *Sturm* geschrieben, komplett und perfekt.

Sie schüttelten sich alle die Hände, Affen und Engel. Es war ein großer Augenblick.

Doch der Augenblick dauerte nicht an. Pete schrieb, anstatt

weiterhin dem Zufallsfaktor gemäß auf die Tasten seiner Schreibmaschine zu schlagen, um den Rest der Stücke zu schreiben, nein, Pete schrieb seine eigene verbesserte Version des *Sturm.* Boshel war wütend.

»Aber es ist besser, Bosh«, protestierte Pete. »Und ich hab' da auch ein paar Ideen über Bühnenbau, womit wir das wirklich groß herausbringen können.«

»Natürlich ist es besser! Aber wir wollen sie nicht *besser,* wir wollen sie ganz *genauso.* Könnt ihr Affen denn nicht kapieren, daß wir hier ein Problem der Wahrscheinlichkeit bearbeiten? Ach, wie seid ihr doch blöd!«

»Gib mir dieses verdammte Buch einen Monat, Bosh, dann kopiere ich all den Quatsch, und dann sind wir fertig«, schlug Pithekos Pete vor.

»Vorschriften, ihr Idioten, Vorschriften!« stieß Boshel hervor. »Wir müssen den Regeln gehorchen. Ihr wißt, daß das nicht erlaubt ist, und außerdem würde man es merken. Ich habe Grund zu der Annahme, und es schmerzt mich, das sagen zu müssen, daß einer meiner Affen und Kollegen hier im Raum ein Informant ist. Wir würden nie damit durchkommen.«

Nach dem kurzen Mißverständnis lief alles besser. Die Affen blieben an ihrer Arbeit. Nach einer Anzahl von Zyklen, die man am besten mit einer Neun ausdrückt, die von in Pica gedruckten Nullen gefolgt ist, deren Zahl ausreicht, um das ganze Universum zu einem Zeitpunkt kurz vor einem Zusammenbruch zu umspannen (Radius und Umfang der größten Sphäre sind natürlich gleich), war die erste komplette Version fertig.

Sie war natürlich fehlerhaft und mußte zurückgewiesen werden. Aber sie enthielt weniger als dreißigtausend Fehler; das ließ große Dinge und am Ende den Triumph vorausahnen.

Später (Leute, um *wieviel* später!) waren sie ihm ganz nahe. Zu der Zeit, als die Spalte in dem Uhrenfelsen ein mittelgroßes Sonnensystem hätte aufnehmen können, hatten sie eine Version mit nur noch fünf Fehlern.

»Es kommt noch«, sagte Boshel. »Es wird zur rechten Zeit kommen. Und Zeit ist das einzige, wovon wir genug haben.«

Später – viel, *viel* später – schienen sie es perfekt zu haben. Zu der Zeit hatte der Vogel fast ein Fünftel des großen Steins mit seinen alle Jahrtausende erfolgenden Besuchen abgewetzt.

Michael selbst las die Version und konnte keinen Fehler finden. Das war natürlich nicht beweiskräftig, denn Michael war ein ungeduldiger und hastiger Leser. Zur Bestätigung waren drei Lesungen vorgesehen, aber noch nie zuvor war die Hoffnung so hoch gewesen.

Die Version bestand die zweite Lesung durch einen wesentlich sorgfältigeren Engel und wurde als buchstabengenau bestätigt. Aber jener Leser beendete seine Arbeit spät in der Nacht und war möglicherweise gegen Ende zu ein wenig oberflächlich geworden.

Sie überstand auch die dritte Lesung, alle siebenunddreißig Stücke, auch die Gedichte am Ende. Es war Kitabel, der selbst schreibende Engel, der jene dritte Lesung vornahm. Er war gerade im Begriff, das Zertifikat zu unterzeichnen, als er innehielt.

»Irgend etwas geht mir im Kopf herum«, sagte er und schüttelte denselben, um ihn klarzubekommen. »Da hallt etwas nach, das nicht ganz stimmt. Ich möchte keinen Fehler machen.« Er hatte ›Kitab . . .‹ geschrieben, seine Unterschrift aber noch nicht vollendet.

»Wenn es mir nicht einfällt, werde ich heute nacht nicht schlafen können«, beklagte er sich. »Es war nicht in den Dramen; die waren perfekt, das weiß ich. Es war etwas in den Gedichten – ziemlich am Ende, irgendeine Dissonanz. Entweder hat der Barde eine besonders unpassende Zeile geschrieben oder in der Wiedergabe war ein Fehler, den mein Auge zwar übersah, aber an den mein Ohr sich erinnerte. Ich muß zugeben, daß ich gegen Ende zu ziemlich schläfrig war.«

»Oh, bei allen Welten, die je erschaffen wurden, unterschreib doch!« bettelte Boshel.

»Du hast schon so lange gewartet, daß dich ein weiterer Moment auch nicht mehr umbringt, Bosh.«

»Darauf würde ich an deiner Stelle nicht wetten, Kit. Ich bin kurz vor dem Platzen, das kann ich dir sagen.«

Aber Kitabel nahm sich das Buch noch einmal vor und fand es – einen Vers in *Phönix und Taube:*

›Sei aus unserem Rat verwiesen
Jeder Vogel rauh und arg.
Nur der Aar, des Flugs Monarch
Müsse dies Begängnis grüßen.‹

So stand es im Buch selbst.* Und was Pithekos Pete geschrieben hatte, war fast, aber nicht ganz dasselbe:

›Sei aus unserem Rat verwiesen
Jeder Voggel rauh und argg
Nur der Aar des Fluggs Monarch
Verdammt nochmal, das gg hänggt fest‹

Und wenn Sie nie einen Engel haben weinen sehen, dann können Worte Ihnen nicht beschreiben, welche Schau Boshel da abzog.

Sie sind heute abend immer noch an der Arbeit, tippen nach den Gesetzen des Zufalls, denn jener letzte traurige Beinahesieg lag weniger als eine Million Milliarden Zyklen zurück. Und erst vor einem halben Augenblick – auf halbem Weg im gegenwärtigen Zyklus – hat einer der Affen nicht weniger als neun Shakespeareworte hintereinander hingeschrieben.

Es gibt immer noch Hoffnung. Und der Vogel hat jetzt den Felsen fast auf die Hälfte seines Umfangs abgeschliffen.

---

* In der Übersetzung von Gottlob Regis nach der Shakespeare-Ausgabe des Winkler Verlags, München 1968, Band IV: *Sonette, Epen und die kleineren Dichtungen,* S. 209.

Sie bewegten sich auf die Zukunft zu – auf der Suche nach etwas, das in ferner Vergangenheit verborgen lag.

ARTHUR C. CLARKE

Die Besessenen

Und jetzt lag die Sonne vor ihnen, so nahe, daß der Strahlungsorkan den Schwarm in die dunkle Nacht des Weltalls zurücktrieb. Bald würde er nicht mehr näher kommen können; die Sturmwinde des Lichts, die ihn von Stern zu Stern trugen, waren so nahe an ihrem Ursprung zu stark. Wenn er nicht bald einen Planeten fand und in den Frieden und die Sicherheit seines Schattens herunterfallen konnte, mußte er auch diese Sonne aufgeben, wie so viele zuvor.

Sechs kalte äußere Welten waren bereits abgesucht und abgetan worden. Entweder waren sie so gefroren, daß sie jenseits jeder Hoffnung auf organisches Leben waren, oder sie beherbergten Wesen von einer Art, die dem Schwarm keinen Nutzen boten. Wollte er überleben, so mußte er Wirte finden, die jenen nicht zu unähnlich waren, die er in seiner fernen, dem Untergang geweihten Heimat verlassen hatte. Vor Millionen Jahren hatte der Schwarm seine Reise begonnen, von den Feuern seiner eigenen explodierenden Sonne sternenwärts getragen. Und doch stand selbst jetzt noch die Erinnerung an die verlorene Stätte seiner Geburt scharf und klar in seinem Bewußtsein, ein Schmerz, der nie sterben würde.

Vor ihnen lag ein Planet, der seinen Schattenkegel durch die von Flammen gepeitschte Nacht schwang. Die Sinne, die der Schwarm auf seiner langen Reise entwickelt hatte, tasteten der sich nähernden Welt entgegen, griffen hinaus und fanden sie gut.

Die unbarmherzigen Strahlungsschläge hörten auf, als die schwarze Scheibe des Planeten die Sonne verdeckte. Frei, der Schwerkraft folgend, sank der Schwarm schnell, bis er die äußeren Ränder der Atmosphäre traf. Als er das erstemal auf einem Planeten niedergegangen war, wäre das fast sein Untergang gewesen, jetzt aber zog er seine hauchdünne Substanz mit der instinktiven Geschicklichkeit langer Übung zusammen, bis sie eine winzige, dichtgepackte Kugel bildete. Langsam verringerte sich seine Geschwindigkeit, bis er zuletzt bewegungslos zwischen Erde und Himmel schwebte.

Viele Jahre ließ er sich von den Winden der Stratosphäre von Pol zu Pol tragen, oder ließ zu, daß der lautlose Hagel der Dämmerung ihn westwärts von der aufgehenden Sonne hinwegtrug. Überall fand er Leben, nirgends Intelligenz. Es gab da Dinge, die krochen und flogen und sprangen, aber keine Dinge, die sprachen oder bauten. Zehn Millionen Jahre später mochte es hier Geschöpfe mit Geist geben, die der Schwarm in Besitz nehmen und für seine eigenen Zwecke lenken könnte; jetzt war keine Spur von ihnen zu erkennen. Er konnte nicht ahnen, welche der zahllosen Lebensformen auf diesem Planeten Erbe der Zukunft sein würde, und ohne einen solchen Wirt war er hilflos – ein bloßes Muster elektrischer Ladungen, eine Matrix aus Ordnung und Bewußtsein des eigenen Ichs in einem Universum des Chaos. Aus eigenen Kräften hatte der Schwarm keine Kontrolle über die Materie, und doch gab es, sobald er sich einmal im Bewußtsein einer vernunftbegabten Rasse festgesetzt hatte, nichts, das jenseits seiner Kräfte lag.

Dies war nicht das erstemal und würde auch nicht das letztemal sein, daß der Planet von einem Besucher aus dem Weltraum erforscht worden war – wenn auch niemals von einem mit solch besonderem und dringendem Bedürfnis. Der Schwarm sah sich einem qualvollen Dilemma gegenüber. Er konnte aufs neue seine ermüdenden Reisen beginnen, hoffend, am Ende die Bedingungen zu finden, die er suchte, oder er konnte hier auf dieser Welt warten, sich Zeit lassen, bis eine Rasse emporgestiegen war, die seinen Zwecken dienlich war.

Wie Nebel bewegte er sich durch die Schatten und ließ sich von den flüchtigen Winden tragen, wohin sie wollten. Die schwerfälligen, schlecht geformten Reptilien dieser jungen Welt sahen ihn nie, wenn er vorüberzog, aber er beobachtete sie und zeichnete auf, analysierte, versuchte, in die Zukunft zu extrapolieren. Es gab so wenig zu wählen zwischen all diesen Geschöpfen; kein einziges zeigte auch nur den schwachen Schimmer eines bewußten Verstandes. Und doch, wenn er diese Welt verließ, um eine andere zu suchen, so war durchaus möglich, daß er bis zum Ende aller Zeiten vergebens das Universum durchstreifte. Schließlich traf er seine Entscheidung. Seinem Wesen gemäß konnte er beide Alternativen wählen. Der größere Teil des Schwarms würde die Reise zwischen den Sternen fortsetzen. Aber ein Stück von ihm würde auf dieser Welt bleiben, wie ein Samen, den man in der Hoffnung auf zukünftige Ernte gepflanzt hatte.

Er begann, sich um seine Achse zu drehen, und sein flüchtiger Körper flachte zu einer Scheibe ab. Jetzt flimmerte er an den Grenzen der Sichtbarkeit, wurde zu einem bleichen Gespinst, einem schwachen Irrlicht, das sich plötzlich in zwei ungleiche Fragmente teilte. Langsam hörte die Drehung auf; aus dem Schwarm waren zwei geworden, jeder ein Wesen für sich, mit all den Erinnerungen des Originals, all seinen Wünschen und Bedürfnissen.

Es kam zu einem letzten Austausch von Gedanken zwischen Elter und Kind, die zugleich identische Zwillinge waren. Wenn alles gut für beide verlief, würden sie sich in der fernen Zukunft wieder treffen, hier, in diesem Tal in den Bergen. Der Teil des Schwarms, der hierblieb, würde durch die Zeiten hindurch zu diesem Punkt in regelmäßigen Abständen zurückkehren; derjenige, der die Suche fortsetzte, würde einen Abgesandten zurückschicken, wenn er je eine bessere Welt fand. Und dann würden sie wieder vereint sein, nicht länger heimatlose Verbannte, die vergebens zwischen den gleichgültigen Sternen dahinzogen.

Das Licht der Dämmerung ergoß sich über die rohen neuen Berge, als der Elterschwarm emporstieg, der Sonne entgegen. Am Rand der Atmosphäre erfaßten ihn die Sonnenwinde und trieben ihn widerstandslos hinaus zwischen die Planeten, um erneut die lange Suche zu beginnen.

Der zurückgebliebene Schwarm begann seine beinahe ebenso hoffnungslose Aufgabe. Er brauchte ein Tier, das nicht so selten war, daß Krankheiten oder Katastrophen es auslöschen konnten, noch so winzig, daß es nie wahre Macht über die physische Welt erwerben konnte. Und es mußte sich schnell vermehren, damit man seine Entwicklung lenken und so schnell wie möglich unter Kontrolle bringen konnte.

Die Suche war lang und die Wahl schwer, aber am Ende wählte der Schwarm seinen Wirt. Wie Regen, der in durstigen Boden sinkt, drang er in die Körper gewisser kleiner Echsen ein und begann, ihre Entwicklung zu lenken.

Es war eine Aufgabe von immenser Tragweite, selbst für ein Wesen, das den Tod nie kennen konnte. Generation nach Generation der Echsen sank in die Vergangenheit, ehe sich auch nur die geringste Verbesserung in der Rasse einstellte. Und stets kehrte der Schwarm zur festgelegten Zeit zu dem Treffpunkt in den Bergen zurück. Stets tat er dies vergebens; da wartete kein Bote von den Sternen, um die Nachricht von mehr Glück anderswo zu bringen.

Die Jahrhunderte dehnten sich zu Jahrtausenden, die Jahrtausende zu Äonen. Nach den Maßstäben der geologischen Zeit veränderten sich die Echsen jetzt schnell. Und dann waren sie plötzlich keine Echsen mehr, sondern warmblütige, mit Pelz bedeckte Geschöpfe, die lebende Junge zur Welt brachten. Sie waren immer noch klein und schwächlich und ihr Geist nur rudimentär, aber sie trugen die Saat zu künftiger Größe in sich.

Doch nicht nur die lebenden Geschöpfe änderten sich, während die Zeitalter langsam verstrichen. Kontinente wurden auseinandergerissen, Berge vom Gewicht des unermüdlichen Regens abgeschliffen. Und während all dieser Veränderungen hielt der Schwarm an seinem Ziel fest; und stets begab er sich zur festgesetzten Zeit an den Treffpunkt, der vor so langer Zeit ausgewählt worden war, wartete geduldig eine Weile und kehrte wieder um. Vielleicht suchte der Elterschwarm immer noch, oder vielleicht – ein Gedanke, den zu erfassen schrecklich war –, vielleicht hatte ihn ein unbekanntes Schicksal ereilt, und er war den gleichen Weg gegangen wie die Rasse, die er einmal beherrscht hatte. Es gab nichts zu tun, außer zu warten und zu sehen, ob man das hartnäckige Leben dieses Planeten auf den Pfad zur Intelligenz zwingen konnte.

Und so verstrichen die Äonen ...

Irgendwo im Labyrinth der Evolution machte der Schwarm seinen fatalen Fehler, schlug an einer Gabelung den falschen Weg ein. Hundert Millionen Jahre waren verstrichen, seit er zur Erde gekommen war, und er war sehr müde. Er konnte nicht sterben, wohl aber degenerieren. Die Erinnerungen an seine uralte Heimat und an sein Ziel begannen schwach zu werden: seine Intelligenz begann zu verblassen, während gleichzeitig seine Wirte den langen Abhang hinaufkletterten, der zu eigenem Bewußtsein führen würde.

Einer kosmischen Ironie zufolge hatte sich der Schwarm selbst erschöpft, indem er den Anstoß gab, der eines Tages dieser Welt die Intelligenz bringen würde. Er hatte das letzte Stadium des parasitären Daseins erreicht; er war nicht länger imstande, abgesondert von seinen Wirten zu existieren. Nie wieder konnte er frei über der Welt dahinziehen, von Wind und Sonne getrieben. Um die Pilgerfahrt zum uralten Treffpunkt zu machen, mußte er langsam und schmerzhaft in tausend kleinen Körpern reisen. Und doch behielt er die uralte Sitte bei, getrieben von der Begierde zur Wiedervereinigung, die jetzt um so heißer brannte, da er die Bitterkeit des Versagens kennengelernt hatte. Nur wenn der Elterschwarm zurückkehrte und ihn wieder in sich aufnahm, würde er wieder neues Leben und neue Kraft kennenlernen.

Die Gletscher kamen und gingen; durch ein Wunder entkamen die kleinen Tiere, die jetzt die verblassende fremde Intelligenz beherbergten, den tastenden Fingern des Eises. Die Ozeane überwältigten das Land, und immer noch überlebte die Rasse. Sie vermehrte sich sogar, aber zu mehr war sie nicht imstande. Diese Welt würde niemals ihr Erbe sein, denn weit entfernt, im Herzen eines anderen Kontinents, war ein bestimmter Affe von den Bäumen heruntergestiegen und blickte mit einem ersten Schimmer von Neugierde zu den Sternen auf.

Der Geist des Schwarms war dabei, sich aufzulösen, sich über eine Million winziger Körper zu verteilen, war nicht länger imstande, sich zu vereinen und seinen Willen durchzusetzen. Er hatte jegliche Verbindung verloren; seine Erinnerungen begannen blaß zu werden. In einer Million Jahren, höchstens, würden sie alle dahin sein.

Nur eines blieb – der blinde Drang, der ihn immer noch trieb, in Intervallen, die jetzt durch irgendeine seltsame Abweichung immer kürzer wurden. Der Drang, der ihn trieb, seine Erfüllung in einem Tal zu suchen, das schon lange aufgehört hatte, zu existieren.

Ruhig im Mondschein dahintreibend, passierte der Vergnügungsdampfer die Insel mit ihrem blinkenden Leuchtturm und fuhr in den Fjord hinein. Es war eine ruhige, friedvolle Nacht, die Venus versank im Westen jenseits der Färöer-Inseln, und die Lichter des Hafens spiegelten sich fast reglos in den ruhigen Wassern weit vor ihnen.

Nils und Christina waren völlig zufrieden. Seite an Seite an der Reling stehend, die Finger verschränkt, sahen sie zu, wie die bewaldeten Hänge lautlos vorüberzogen. Die hohen Bäume standen reglos im Mondlicht, nicht einmal der leiseste Windhauch bewegte ihre Blätter, und ihre schlanken Stämme ragten weiß aus den Schatten empor. Die ganze Welt schlief; nur das Schiff wagte es, den Zauber zu brechen, der die Nacht gefangenhielt.

Und dann stieß Christina plötzlich einen leisen Laut aus, und Nils spürte, wie sich ihre Finger um die seinen krallten. Er folgte ihrem Blick: sie sah über das Wasser hinweg auf die fernen Wächter des Waldes.

»Was ist denn, Liebste?« fragte er besorgt.

»Schau doch!« erwiderte sie in einem Flüstern, das Nils kaum hören konnte. »Dort – unter den Fichten!«

Nils starrte hinüber, und während er das tat, verebbte die Schönheit der Nacht langsam, und uralte Schrecken krochen aus ihrer Verbannung zurück. Denn das Land unter den Bäumen lebte: eine fleckige, braune Flut schob sich über die Hänge hinunter und verschmolz mit dem dunklen Wasser. Hier war ein offener Fleck, auf den das Mondlicht ungestört von Schatten fiel. Jetzt veränderte sich der Fleck vor seinen Augen. Die Landfläche schien nach unten zu fließen wie ein träger Wasserfall, der die Vereinigung mit der See suchte.

Und dann lachte Nils, und die Welt war plötzlich wieder bei Vernunft. Christina sah ihn an, verwirrt, aber beruhigt.

»Erinnerst du dich nicht?« schmunzelte er. »Wir haben doch heute morgen in der Zeitung davon gelesen. Die machen das alle paar Jahre, und stets nachts. Das geht schon seit Tagen so.«

Er verspottete sie, fegte die Spannung der letzten paar Minuten weg. Christina sah ihn wieder an, und jetzt huschte ein Lächeln über ihr Gesicht.

»Natürlich«, sagte sie. »Wie dumm von mir!« Dann wandte sie sich wieder dem Land zu, und der Ausdruck ihres Gesichts wurde traurig, denn sie hatte ein sehr empfindsames Herz.

»Die armen kleinen Dinger!« seufzte sie. »Ich möchte wissen, warum sie das tun?«

Nils zuckte gleichgültig die Achseln. »Das weiß niemand«, antwortete er. »Das ist einfach eines von diesen Geheimnissen. Ich würde nicht darüber nachdenken, wenn es dich beunruhigt. Schau doch – wir sind gleich im Hafen!«

Sie wandten sich den lockenden Lichtern zu, wo ihre Zukunft lag, und Christina sah sich nur noch einmal zu der tragischen, geistlosen Flut um, die immer noch unter dem Mond dahinfloß.

Einem Drang gehorchend, dessen Bedeutung sie nie gekannt hatten, fanden die dem Untergang geweihten Legionen der Lemminge Vergessen unter den Wellen.

Als die Menschen auf dem Planeten eintrafen, fanden sie Ruinen und einige wenige Fremdrassige, die man jedoch nur selten zu Gesicht bekam. Und sie beschlossen, die Spezies zu schützen – doch diese Idee erwies sich als ein Fehler, weil sie auf ungenügendem Verständnis der Fakten beruhte.

H. B. Fyfe

Tierschutz

Der gelbe Stern, den Torang als zweiter Planet umkreiste, brannte heiß auf die Gruppe von Männern herunter, die den halbfertigen Damm von der Anhöhe aus betrachteten. Auf eine Distanz von hundertzwanzig Millionen Kilometern wirkte er ganz terranisch, weil der Stern etwas kleiner als Sol war.

Für Jeff Otis, der gerade von einem kurzen Hüpfer durch den Weltraum von dem extrahellen Stern gekommen war, der die andere Komponente dieses Doppelsternsystems darstellte, war die Hitze entnervend. Die Shorts und das leichte Hemd, die ihm der Koordinator zur Verfügung gestellt hatten, waren von Schweiß durchtränkt. Er wischte sich über die Stirn und wandte sich seinem Gastgeber zu. »Sehr gute Arbeit, Finchley«, lobte er. »Man erkennt sofort, daß Sie die Dinge hier gut im Griff haben.« Finchley grinste verhalten. Er hatte ein breites, hartes Gesicht mit schmalen Lippen und blauen Augen, die wie Schlitze wirkten. Otis hatte seit dem letzten Morgen immer wieder versucht, irgendeinen Ausdruck in ihm zu erkennen.

Er war sich wohl bewußt und nicht darüber froh, daß seine eigenen Züge für einen Inspektor von Kolonialanlagen zu offen waren. Er hatte zu viele Falten und Höhlen in seinem Gesicht, die Folge dauernden Untergewichts von den ständigen Raumsprüngen zwischen den sechzehn Planeten des Doppelsternsystems.

Otis bemerkte, daß Finchleys Mitarbeiter ihn verstohlen musterten.

»Ja, Finchley«, wiederholte er, um das kurze Schweigen zu brechen, »mit dieser Wasserkraftanlage kommen Sie wirklich gut voran. Wann werden Sie mir die Hauptstadt zeigen, die Sie planen?«

»Wir können jetzt hinfliegen«, antwortete Finchley. »Wir haben die vorläufigen Umrisse unter den Ruinen ausgelegt, die wir vom Kopter aus sahen.«

»O ja. Wissen Sie, als wir darüber hinwegflogen, wollte ich schon sagen, daß sie ähnlichen Überresten auf einigen der anderen Planeten stark ähneln.«

Er merkte, daß Finchleys schmale Lippen sich noch enger zusammenpreßten, und schwieg. Der Koordinator gab sich offensichtlich große Mühe, gegenüber einem Beamten geduldig und höflich zu sein, von dem er einen guten Bericht zu bekommen hoffte. Trotzdem erkannte Otis, daß er viel lieber wieder seiner Arbeit nachgegangen wäre, die daraus bestand, eine Kolonie aufzubauen.

Eigentlich konnte er es Finchley nicht verübeln. Dies war das fünfte Planetensystem, das die Terraner im Zuge ihrer Expansion in den Weltraum entdeckt hatten, und einen Mann, der erfolgreiche Leistungen vorweisen konnte, erwarteten größere Aufgaben. Endlich fing die Zivilisation an, zu den Sternen vorzudringen. Otis nahm an, daß er auch eine Art Pionier war, obwohl er gewöhnlich viel zu beschäftigt war, um sich wie ein solcher vorzukommen.

»Nun, ich werde Ihnen später ein paar Fotos zeigen«, sagte er. »Im Augenblick sollten wir – heh, was soll der Aufruhr dort drunten?«

In der Schlucht unter ihnen hatten die Männer ihre Werkzeuge fallen gelassen und schienen alle auf ein gemeinsames Ziel zuzustreben. Aufgeregte Rufe hallten zu den Klippen herauf.

»Wahrscheinlich eine Affenjagd«, mutmaßte einer von Finchleys Ingenieuren.

»Affen?« fragte Otis überrascht.

»Nicht exakt«, verbesserte Finchley geduldig. »Das ist die

Slangbezeichnis für das, was wir in den Berichten als ›Torangs‹ bezeichnen. Sie sehen ein wenig wie große, magere, graue Affen aus, aber sie sind immerhin die einzige Lebensform, die groß genug ist, um sie nach dem Planeten zu benennen.«

Otis starrte in die Schlucht hinunter. Die meisten Männer hatten inzwischen die Jagd aufgegeben und kehrten wieder an ihre Arbeit zurück. Zwei oder drei, die Pistolen in der Hand hielten, rannten weiter und verschwanden schließlich hinter einem Felsen.

»Jetzt fangen die ihn nie«, meinte Finchleys Pilot.

»Lassen Sie einfach zu, daß die wegrennen, wenn sie Lust dazu haben?« erkundigte sich Otis.

Finchley erwiderte seinen neugierigen Blick ausdruckslos.

»Ich bin für alles, das die Monotonie etwas auflockert, Mister Otis. Wir haben hier ein Problem mit der Arbeitsmoral, müssen Sie wissen. Dieser Planet ist für das Kolonisierungsprojekt sehr wichtig, und ich würde es gerne sehen, wenn die Arbeit glattlaufen würde.«

»Ja, ich kann mir vorstellen, daß es hier noch nicht viel Freizeitmöglichkeiten gibt.«

»Genau. Mir selbst gibt dieser Sport nicht viel ab, aber ich lasse sie. Schließlich sind wir im Plan.«

»Eher sogar voraus«, besänftigte ihn Otis. »So, was ist jetzt mit der Stadt?«

Finchley ging zum Helikopter voraus. Der Pilot und Otis warteten, während er noch ein paar Worte mit seinen Ingenieuren wechselte, dann stiegen alle ein und flogen davon.

Später, als sie über dem Netz primitiver Straßen dahinschwebten, die von Finchleys Buldozern eingeebnet wurden, gab Otis zu, daß der Ort gut gewählt war. Er lag an einer langen, schmalen Bucht, die vom fernen Meer hereinreichte und das Wasser desselben Flusses sammelte, der ein paar Kilometer stromaufwärts gerade einen Damm bekam.

»Diese Klippen dort drüben«, deutete Finchley, »sind seit dem Ende der früheren Zivilisation hier entstanden – das behauptet wenigstens mein Geologe. Wir können hinfliegen, dann sehen Sie selbst, wie die alte Stadt früher an der Bucht angeordnet war.«

Der Pilot stieg wieder in die Maschine und flog auf die Klippen zu. Otis sah, daß sie den Rand eines Plateaus bildeten. An einem Punkt beeinträchtigte ein tiefer Einschnitt ihre Gleichmäßigkeit.

»Dort verlief vor Jahrtausenden der Fluß«, erklärte Finchley.

Sie erreichten eine Stelle, von der aus man die Umrisse der Ruinenstadt leicht erkennen konnte. Otis wußte, daß das Bild aus der Luft viel deutlicher war, als man es zwischen den Ruinen hätte erkennen können.

»Muß ziemlich groß gewesen sein«, bemerkte er. »Haben Sie eine Ahnung, was für eine Art von Geschöpfen sie gebaut haben könnte und was aus ihnen geworden ist?«

»Dafür hatte ich noch keine Zeit«, sagte Finchley. »Einige Leute vom Forschungsstab stochern dort herum. Bis jetzt scheint die beste Theorie die zu sein, daß sie den Torangs gehörte.«

»Diesen *Tieren*, die Ihre Leute vorhin gejagt haben?« fragte Otis.

»Könnte sein. Sicher kann ich es nicht sagen, aber wir haben bei den Erdarbeiten Spuren gefunden, die darauf hindeuten, daß die Stadt etwas mehr als nur ein Erdbeben abbekommen hat. Die Arbeiter behaupten, sie hätten zu viel Spuren von Bränden, explodierten Raketengeschossen und allgemeiner Kriegsführung gefunden – an anderen Orten ebenso wie hier. Deshalb – gehen wir davon aus, daß die Torangs degenerierte Abkömmlinge der Überlebenden irgendeines interplanetarischen Krieges sind.«

Otis dachte nach.

»Klingt plausibel«, räumte er ein. »Aber Sie sollten etwas unternehmen, um sicherzugehen, daß Sie recht haben.«

»Warum?«

»Wenn das tatsächlich der Fall ist, werden Sie ihre Leute daran hindern müssen, sie zu jagen; degeneriert oder nicht. Die Kolonialkommission hat Vorschriften über den Kontakt mit irgendwelchen lokalen Einwohnern aufgestellt.«

Finchley wandte den Kopf und blickte Otis finster an; man bemerkte, daß er Mühe hatte, an sich zu halten.

»Diese *Affen*?« fragte er.

»Nun, wie können Sie das sagen? Haben Sie je einen Kontaktversuch gemacht?«

»Ja! Ganz am Anfang, ehe wir zu dem Schluß kamen, daß es Tiere sein müssen.«

»Und?«

»Wir kamen an keinen heran!« erklärte Finchley hitzig. »Wenn die auch nur eine halbintelligente Kultur gehabt haben, hätten sie dann nicht zugelassen, daß wir in *irgendeiner Weise* Kontakt mit ihnen aufnehmen?«

»Nun, auf den ersten Blick würde ich das schon meinen«, gab Otis zu. »Wie wäre es, wenn wir auf ein paar Minuten landen würden? Ich würde mir gerne die Ruinen ansehen.«

Finchley sah finster auf die Armbanduhr, befahl aber dem Piloten, an einer freien Stelle zu landen. Der junge Mann setzte die Maschine elegant auf, und die beiden Beamten stiegen aus.

Als Otis sich umsah, erkannte er sofort, wo die Archäologen gegraben hatten. Sie hatten ihre Geräte zusammengerückt und stehen gelassen – die Luft hier oben war trocken, und wer hätte schon eine Schaufel stehlen sollen? Er ließ Finchley stehen und ging um einen Erdhaufen herum, den man vom Eingang eines der Gebäude weggeschafft hatte. Letzteres war aus Stein gebaut oder zumindest mit solchem verkleidet. Ein Blick ins Innere der düsteren Ausgrabung brachte ihn zu der Annahme, daß hier ein Stahlgerüst vorliegen mußte, aber das Ganze war wie von einer Explosion zusammengedrückt worden.

Er ging weiter und erreichte eine Stelle mit mutmaßlich einst höheren Bauten, wo die Steinruinen über die Sandflächen hinausstachen. Nachdem er durch ein paar der mit Bogen versehenen Öffnungen gegangen war, die früher wahrscheinlich einmal Fenster gewesen waren, begriff er, warum die Forscher es vorgezogen hatten, sich die Informationen unter der Erde zu suchen. Falls es je irgendwelche Dekorationen an den Wänden gegeben hatte, so waren sie schon lange dem Wetter zum Opfer gefallen. Und was Decke oder Dach anging, so war davon nichts zurückgeblieben. »Muß trotzdem eine hoch entwickelte Zivilisation gewesen sein«, murmelte er.

Eine Bewegung an einer der von Schatten umgebenen Öffnungen zu seiner Rechten fiel ihm ins Auge. Er erinnerte sich nicht, daß Finchley den Hubschrauber verlassen hatte, um ihm zu folgen, war aber froh, einen Führer zu haben.

»Glauben Sie nicht?« fügte er hinzu.

Er drehte den Kopf herum, aber Finchley war nicht da. Tatsächlich konnte Otis jetzt, da er seine Umgebung bewußt zur Kenntnis nahm, die Stimmen der zwei anderen in einiger Entfernung bei der Flugmaschine murmeln hören.

»Ich fange an, Dinge zu sehen, die nicht da sind!« brummte er und wollte den Fuß durch das alte Fenster setzen.

Irgendein Instinkt ließ ihn mitten im Schritt innehalten.

Komm schon, Jeff, sagte er sich, *sei nicht albern! Was könnte denn da schon sein? Gespenster?*

Andererseits, das wußte er, gab es Zeiten, wo es recht gut war, sich auf seinen Instinkt zu verlassen – zumindest bis man wußte, woher das seltsame Gefühl kam. Jeder Raumfahrer würde dem zustimmen. Der Mann, der in sich einen animalischen sechsten Sinn entwickeln konnte, war auch derjenige, der am längsten auf fremden Planeten überlebte.

Vermutlich war er eine ganze Minute oder sogar noch länger so stehengeblieben und hatte in der Zeit, abgesehen von dem Stimmengemurmel hinter sich, nicht das leiseste Geräusch gehört. Er spähte in die Kammer vor sich, die vielleicht sechs Meter im Quadrat maß und vom reflektierten Licht gut, wenn auch nicht hell erleuchtet war. Nichts war zu sehen, aber als er vorsichtig den Kopf drehte, um über die Schulter zu blicken, kam er zu dem Entschluß, daß das eigenartige Gefühl in seinem Nacken etwas zu bedeuten hatte.

Warte mal! dachte er schnell. *Ich habe nicht den ganzen Raum gesehen.*

Der Boden war mit Geröll bedeckt, vom Wind freigeweht, in

dem man keine Fußabdrücke sehen konnte. Er fühlte sich viel sicherer, als er bemerkte, daß er in diesen Kategorien dachte.

Zumindest bilde ich mir keine Gespenster ein, dachte er.

Er beugte sich vor, schob den Kopf durch die Öffnung und blickte zuerst schnell nach links und dann an der Wand entlang nach rechts. Als er sich nach rechts drehte, begegnete seinem Blick ein Paar sehr weit auseinanderstehender schwarzer Augen, die ein wenig nach innen wanderten, als sie ihn erfaßten.

Der Torang war etwa gleich groß wie er, etwa einen Meter fünfundachtzig. Arme und Beine, die mit einem leicht gekräuselten, kurzen grauen Fell bedeckt waren, hatten dieselben allgemeinen Proportionen wie menschliche Gliedmaßen, wirkten aber für einen Körper, der bis ganz unten Rippen zu besitzen schien, eineinhalb mal so lang, hauptsächlich wegen seiner langen, gibbonähnlichen Gliedmaßen und einer ähnlich geduckten Haltung. Schulter und Hüftgelenke waren kompakt und schmal, so als hätten sich die Torang auf einer Welt mit geringerer Schwerkraft als der der Menschen entwickelt.

Aber das Gesicht war es, das Otis' Blick festhielt. Der Mund war zahnlos und wahrscheinlich mehr zum Saugen als zum Kauen gebaut. Aber die Augen! Sie standen wie die Enden einer Hantel zu beiden Seiten des schmalen Schädels hervor, wo eigentlich die Ohren hätten sein müssen, und ließen sich offenbar zum Fokussieren leicht bewegen. Als Otis genauer hinsah, entdeckte er winzige Ohren unter den Augen, aber sie waren fast ganz in dem lockigen Halspelz verborgen.

Plötzlich wurde ihm klar, daß sich seine eigenen Augen anfühlten, als wollten sie ihm aus den Höhlen treten, obwohl er sich nicht erinnern konnte, daß sich sein Ausdruck beiläufiger Neugierde verändert hätte. Auch sein Rücken begann steif zu werden. Er richtete sich vorsichtig auf.

»Äh . . . hallo«, murmelte er, und fühlte sich dabei unaussprechlich blöd, hatte aber gleichzeitig das Bedürfnis, einen Kompromiß zwischen dem Gruß für ein menschliches Wesen suchen zu müssen und einem Geräusch, mit dem man ein Tier zum Frieden auffordert.

Jetzt bewegte sich der Torang, schnell, aber ohne Hast. Später gelangte Otis zu dem Schluß, daß er sich sehr bewußt bewegt hatte. Einer der langen Arme fuhr herunter zu dem mit Geröll bedeckten Boden. Im nächsten Augenblick riß Otis den Kopf aus der Öffnung, als ein Stein vor seiner Nase vorbeipfiff.

»Heh!« protestierte er unwillkürlich.

Ein scharrendes Geräusch war von drinnen zu hören, wie wenn die Klauen eines Tieres über die Steine kratzten. Otis hatte inzwischen sein Gleichgewicht zurückgewonnen und sprang, ohne viel nachzudenken, durch die Öffnung.

»Ich weiß nicht, warum ich das getan habe«, gab er Finchley gegenüber ein paar Minuten später zu. »Wenn ich zuerst nachgedacht hätte, daß mich das ein Loch im Schädel hätte kosten können, wäre ich wahrscheinlich umgekehrt und hätte nach Ihnen geschrien.«

Finchley nickte, aber der Blick seiner schmalen Augen schien zum erstenmal, seit sie sich kennengelernt hatten, eine gewisse Billigung auszudrücken.

»Er war natürlich weg«, fuhr Otis fort. »Ich konnte gerade noch seine Hinteransicht erkennen, als er durch ein anderes Fenster verschwand.

»Yeah, die Burschen sind ziemlich schnell«, warf Finchleys Pilot ein. »Seit wir hier sind, haben die Boys höchstens ein halbes Dutzend geschnappt. Drüben im Hauptquartier ist ein ausgestopfter.«

»Hm-m-m«, murmelte Otis nachdenklich.

Aus den anderen Bemerkungen der Männer erfuhr er, daß er nicht alles gesehen hatte, obwohl er dem Geschöpf von Angesicht zu Angesicht gegenübergestanden hatte. Als Finchley beispielsweise die drei Finger an den Händen oder Füßen erwähnte, überraschte ihn das.

Während des ganzen Fluges zum Hauptquartier blieb Otis stumm. Dort angelangt, verschwand er mit einer gemurmelten Entschuldigung in den Räumen, die man ihm zugewiesen hatte.

Am Abend, bei einem Essen, das Finchley so attraktiv gestaltet hatte, wie dies in einer unentwickelten Kolonie möglich war, gab sich Otis auffallend gesellig. Der Koordinator war zufrieden.

»Scheint, daß die uns endlich einen vernünftigen Mann geschickt haben«, bemerkte er hinter vorgehaltener Hand gegenüber einem seiner Assistenten. »Sehen Sie zu, daß sich ein paar von den netteren Sekretärinnen ein wenig um ihn kümmern.«

»Wie ich höre, hätte er droben bei den Ausgrabungen beinahe einen Torang zu fassen gekriegt«, sagte der andere.

»Mhm, der ist mit bloßen Händen auf ihn losgegangen. Beinahe hätte er ihn geschnappt, denke ich.«

»Vielleicht ist es ganz gut, daß er das nicht geschafft hat«, meinte der Assistent. »Die sind groß genug, um einen Unbewaffneten ziemlich zuzurichten.«

Otis war unterdessen und auch während des restlichen Abends intensiv damit beschäftigt, neue Bekanntschaften zu machen. Er war so damit beschäftigt, jedes neue Gespräch auf die Torangs zu lenken und scheinbar beiläufige Fragen über das Wenige zu stellen, was von ihren Gewohnheiten und ihrer möglichen Vergangenheit bekannt war, daß er kaum bemerkte, wie man ihm besondere Aufmerksamkeit widmete. Als reisender Inspektor war er es gewöhnt, daß man sich darum bemühte, ihn zu unterhalten und abzulenken.

Am nächsten Morgen schnappte er sich Finchley in seinem Büro in dem weitläufigen, einstöckigen Gebäude aus Beton und Glas, das das Kolonial-Hauptquartier war.

Nachdem er sich im Besucherstuhl auf der anderen Seite des Schreibtisches vom Koordinator niedergelassen hatte, berichtete Otis ihm von den Schlüssen, zu denen er gelangt war. Finchleys schmale Augen öffneten sich ein wenig weiter, als er die Einzelheiten hörte. Sein breites, muskulöses Gesicht rötete sich leicht.

»Um Him . . .! Ich meine, Otis, warum müssen Sie das so aufblasen? Die Männer kriegen ohnehin nur selten einen zu fassen!«

»Vielleicht, weil sie so selten sind«, meinte Otis ruhig. »Woher wissen wir denn, daß sie nicht intelligent sind? Stellen Sie sich einmal vor, Sie würden in den Ruinen der Zivilisation Ihrer Vorfahren herumlungern, ein völlig primitives Leben führen, weil rings herum alles kaputt ist, dann wären *Sie* genauso argwöhnisch, wenn da ein Rudel lärmender Terraner aufmarschiert käme.«

Finchley zuckte die Achseln. Er schien sich nicht ganz wohl in seiner Haut zu fühlen, so als überlegte er, mit wem wohl leichter umzugehen war, mit Otis oder irgendeinem unzufriedenen Sportler aus seinem Bautrupp.

»Versuchen Sie doch einmal, das Gesamtbild zu sehen«, beschwor ihn Otis. »Endlich drängen wir hinaus ins Weltall, nach Jahrhunderten der Träume und Mühen. Bei all dem Leid, das wir mit den verschiedenen Kolonialsystemen zu Hause erlebt hatten, haben wir versucht, diese Vorhaben so zu planen, um alte Fehler zu vermeiden.«

Finchley nickte widerstrebend. Otis konnte klar erkennen, daß er in Gedanken bei seinen Terminplänen war.

»Eigentlich liegt es doch nahe«, fuhr der Inspektor fort, »daß wir eines Tages einen Planeten mit intelligentem Leben finden. Wir sind noch neu im Weltraum, aber je weiter wir herumtasten, desto logischer ist es, daß das einmal passiert. Deshalb hat die Kommission Regeln über den Umgang mit Lebensformen erlassen. Haben Sie sich die in letzter Zeit einmal durchgelesen?«

Finchley rutschte auf seinem Stuhl herum.

»Jetzt hören Sie mal!« protestierte er. »Jetzt machen Sie bloß aus *mir* keinen hartgesottenen Vandalen, der nichts anderes im Kopf hat, als alles zu vernichten, das sich auf Torang bewegt. *Ich* jage ja nicht nach Affen!«

»Ich weiß, ich weiß«, besänftigte ihn Otis. »Aber ehe die Kolonialkommission die Vernichtung von irgendwelchen eingeborenen Lebensformen sanktioniert, werden wir beweisen müssen – *nicht nur,* daß diese Lebensform nicht intelligent ist – sondern auch, daß sie in genügender Zahl existiert, damit nicht die Gefahr der völligen Ausrottung besteht.«

»Und was, erwarten Sie, soll ich da unternehmen?«

Otis musterte ihn mit einigem Mitgefühl. Finchley war genau

der Typ von Pragmatiker, wie ihn die Kommission brauchte, um die ersten Baustufen einer Kolonie auf einem fremden Planeten zu überwachen, aber er war keineswegs unvernünftig. Er wollte bloß, daß man ihn in Frieden ließ, damit er den harten Job erledigen konnte, den man ihm aufgehalst hatte.

»Daß Sie die Jagd auf Torangs verbieten«, sagte Otis. »Es muß doch noch etwas anderes geben, an dem die sich vergnügen können.«

»O ja«, räumte Finchley ein. »Es gibt ganze Schwärme von kleinen, kaninchenartigen Biestern und anderes Viehzeug, das im Busch herumläuft. Aber ich weiß nicht . . .«

»Das ist allgemein üblich«, erinnerte ihn Otis. »Es gibt so manche geschützte Tiergattung selbst auf Terra, die inzwischen schon lange ausgestorben wäre, wenn es keine Wildgesetze gäbe.«

Am Ende kamen sie überein, daß Finchley alles in seinen Kräften Stehende tun würde, um das Verbot durchzusetzen, wenn Otis ihm aus dem Systemhauptquartier eine formelle Anweisung besorgte. Der Inspektor begab sich vom Büro geradewegs in das Fernmeldezentrum, wo er einen langen Bericht für das Büro des Chefkoordinators im anderen Teil des Doppelsternsystems abfaßte. Es dauerte ein paar Stunden, bis die Antwort Torang erreichte. Als sie am Nachmittag eintraf, ging er Finchley suchen.

Er fand den Koordinator bei der Inspektion einer soeben fertiggestellten Konservenfabrik an der Küste. Er war sichtlich erfreut, daß damit ein weiterer Schritt auf dem Wege zur Eigenständigkeit der Kolonie getan war.

»Da«, sagte Otis und hielt ihm das Fernschreiben hin. »Vom Chef persönlich unterzeichnet. Mit sofortiger Wirkung sind die affenähnlichen Geschöpfe, allgemein als Torangs bekannt, Eingeborene von Planet Nummer Soundso, als seltene und geschützte Tiergattungen unter Vorschrift Soundso anzusehen.«

»Das reicht«, antwortete Finchley und zuckte freundlich die Achseln. »Geben Sie her, dann lasse ich das über die Lautsprecheranlage durchsagen und an die Anschlagbretter nageln.«

Otis kehrte befriedigt zu dem Hubschrauber zurück, der ihn vom Hauptquartier herausgebracht hatte.

»Wieder zurück, Sir?« fragte der Pilot.

»Ja ... *Nein*! Nur zum Spaß, bringen Sie mich zur alten Stadt. Ich konnte mich neulich gar nicht richtig umsehen, und das möchte ich doch gerne tun, ehe ich abreise.«

Sie flogen über die Ebene, die zwischen dem Meer und den hochragenden Klippen lag. In der Ferne konnte Otis den Damm sehen, den man ihm am Tage vorher gezeigt hatte. Diese Kolonie würde gut laufen, sagte er sich, solange er sich nur gelegentlich um Einzelheiten kümmerte, wie zum Beispiel die Erhaltung eingeborenen Lebens.

Schließlich landete der Pilot an derselben Stelle, an der man ihn bei seinem letzten Besuch der alten Ruinen abgesetzt hatte. Jemand anderer war heute dort anwesend. Otis sah zwei Männer, die er für Archäologen hielt.

»Ich seh' mich ein wenig um«, sagte er dem Piloten.

Er bemerkte, daß die zwei Männer ihn von ihrem Werkzeuglager aus beobachteten, und ging zu ihnen hinüber, um sie zu begrüßen. Wie angenommen, hatten sie in den Ruinen gegraben.

»Wir haben einige Maße abgenommen«, sagte der sonnenverbrannte, blonde Mann, der sich als Hoffman vorgestellt hatte. »Vielleicht kommen wir auf die Weise dahinter, was das für Wesen waren, die die Stadt gebaut haben.«

»Oh?« sagte Otis interessiert. »Was ist denn die neueste Theorie?«

»Die können gar nicht so viel anderes als wir gewesen sein«, erklärte Hoffman dem Inspektor, während sein Partner sie stehenließ, um eine weitere Ladung an Artefakten mitzunehmen.

»Nach der Größe der Räume, der Höhe der Türausschnitte und den Treppen zu schließen«, fuhr er fort, »hatten sie ziemlich genau unsere Größe. Aber bis jetzt ist es natürlich nur eine grobe Schätzung.«

»Könnten es Vorfahren der Torangs gewesen sein?« fragte Otis.

»Höchstwahrscheinlich schon, Sir«, antwortete Hoffman so

schnell, daß man daraus schließen konnte, daß dies seine eigene Ansicht war. »Aber bis jetzt haben wir noch nicht genug ausgegraben, daß man daraus schließen könnte, was für eine Art von Kultur sie hatten, oder gar, wie ihre Psychologie oder ihre Gesellschaft beschaffen gewesen sein könnten.«

Otis nickte und nahm sich vor, den Namen des jungen Mannes bei Finchley zu erwähnen, ehe er Torang verließ. Er entschuldigte sich, als der andere Mann mit einer Kiste mit Dingen zurückkam, die die beiden ausgegraben hatten, und schlenderte zwischen den Umrissen der noch unberührten Gebäude umher.

In ein paar Minuten erreichte er die Stelle mit den höheren Bauten, wo er am Tag zuvor den Torang gesehen hatte.

»Ob ich wohl an derselben Stelle nachsehen sollte?« murmelte er halblaut. »Nein . . . das ist wohl der *letzte* Ort, an den das Biest zurückkehren würde – es sei denn, es hat dort seinen Unterschlupf . . .«

Er blieb stehen, um sich zu orientieren, zuckte dann die Achseln und ging um einen Erdhaufen herum auf das Gebäude zu, das er für das richtige hielt.

Das war es ziemlich sicher, überlegte er. *Ja, die Schatten um diesen Fensterbogen sehen genauso aus – dieselbe Tageszeit . . .*

Er blieb fast schuldbewußt stehen und sah sich um, um sicher zu gehen, daß niemand seine Rückkehr zum Schauplatz seines kleinen Abenteuers beobachtete. Schließlich erwartete man von einem Kolonialinspektor nicht, daß er wie ein kleiner Junge herumlief und Gespenster jagte.

Als er sich vergewissert hatte, daß er alleine war, trat er schnell durch den zerbröckelnden Bogen – *und erstarrte.*

»Ich bin sehr geehrt, Ihre Bekanntschaft zu machen«, sagte der Torang mit einer mild klingenden, leicht summenden Stimme. »Wir hatten schon gedacht, daß Sie vielleicht hierher zurückkehren würden.«

Otis riß den Mund auf. Die schwarzen Augen zu beiden Seiten des schmalen Schädels hatten ihn von oben bis unten gemustert und in ihm das unangenehme Gefühl erzeugt, als würde er für eine Artilleriesalve abgemessen.

»Man kennt mich als Jal-Ganyr«, sagte der Torang. »Wenn man mir keine unrichtigen Daten geliefert hat, kennt man Sie als Jeff Otis. Das ist so.«

Die letzte Feststellung kam fast ohne Änderung im Tonfall, aber ein noch funktionierender Winkel in Otis Bewußtsein interpretierte sie als Frage. Er holte tief Luft und merkte plötzlich, daß er einen Augenblick lang zu atmen vergessen hatte.

»Ich wußte nicht . . . ja, das ist so . . . ich wußte nicht, daß ihr Torangs terranisch sprechen könnt oder sonst etwas. Wie . . .?«

Er zögerte, während eine Million Fragen in ihm hochstiegen, die er stellen wollte. Jal-Ganyr strich sich geistesabwesend mit der dreifingrigen linken Hand über den grauen Pelz an seiner Brust. Er hockte geduldig auf einem flachen Felsen. Otis hatte irgendwie das Gefühl, daß man ihm nur dank disziplinierter Höflichkeit erlaubt hatte, mit seinem Murmeln Zeit zu vergeuden.

»Ich bin nicht von den Torangs«, sagte Jal-Ganyr in seiner leicht pfeifenden Stimme. »Ich bin von den Myrbs. Sie würden vielleicht Myrbii sagen. Man hat mich nicht informiert.«

»Sie meinen, das ist der Name, den Sie für sich selbst benutzen?« fragte Otis.

Jal-Ganyr schien nachzudenken, und seine beweglichen Augen kreisten nach innen, um das Gesicht des Terraners zu mustern.

»Mehr als das«, sagte er schließlich, als er es sich überlegt hatte. »Ich meine, ich gehöre der Rasse an, die ihren Ursprung auf Myrb hat, nicht auf diesem Planeten.«

»Ehe wir weitergehen«, beharrte Otis, »sagen Sie mir zumindest, wie Sie unsere Sprache gelernt haben!«

Jal-Ganyr machte eine flüchtige Geste. Sein »Gesicht« war für den Terraner unlesbar. Otis hatte den Eindruck, daß er soeben das Äquivalent eines Lächelns und eines Achselzuckens gesehen hatte.

»Was das betrifft«, sagte der Myrb, »dann habe ich die wahrscheinlich vor Ihnen gelernt. Wir haben Sie lange Zeit beobachtet. Sie würden unglauben, wie lange.«

»Aber dann . . .« Otis hielt inne. Das mußte bedeuten, bevor die Kolonisten auf diesem Planeten gelandet waren. Fast fürchtete er, es könnte bedeuten, bevor sie dieses Sonnensystem erreicht hatten. Er verdrängte den Gedanken und fragte: »Aber warum leben Sie dann so, inmitten der Ruinen? Warum haben Sie bis jetzt gewartet? Wenn Sie mit uns in Verbindung getreten wären, dann hätten wir Ihnen beim Aufbau geholfen . . .«

Er sprach nicht weiter und fragte sich, was es war, das so falsch klang. Jal-Ganyr rollte müßig die Augen, als verabscheute er die sie umgebenden Ruinen. Wieder schien er alle Implikationen von Otis Frage abzuwägen.

»Wir haben Ihre Nachricht an Ihren Chef aufgefangen«, antwortete er schließlich. »Wir entschieden, daß Zeit war, mit einem von Ihnen in Verbindung zu treten. Wir haben kein Interesse am Wiederaufbau«, fügte er dann hinzu. »Wir haben verborgene Unterkünfte für uns selbst.«

Otis stellte fest, daß seine Lippen trocken waren. Er hatte unbewußt den Mund offenstehen lassen. Er feuchtete sie mit der Zungenspitze an und entspannte sich hinreichend, um sich gegen die Wand zu lehnen.

»Sie meinen, die Entscheidung, die ich mir beschafft habe, wonach Sie als geschützte Gattung gelten?« fragte er. »Sie haben Instrumente, um solche Signale aufzufangen?«

»Ja, das habe ich. Und das haben wir«, sagte Jal-Ganyr einfach. »Es ist entschieden worden, daß Sie sich weit genug im Weltraum ausgedehnt haben, um es notwendig zu machen, daß wir mit einigen wenigen unter Ihnen in Verbindung treten. Mit denen, die so wie Sie denken. Das wird es möglicherweise in Zukunft für unsere Beobachter leichter machen.«

Otis fragte sich, wieviel davon Ironie war. Er ertappte sich dabei, wie sein Gesicht sich bei dem Gedanken an das »ausgestopfte Exemplar« im Hauptquartier rötete, und war besonders erleichtert, daß er es sich nicht angesehen hatte.

Ich habe das Glück gehabt, sagte er sich. *Ich bin derjenige, der die ersten bekannten intelligenten Geschöpfe außerhalb von Sol entdeckt hat!*

Laut sagte er: »Wir haben erwartet, einmal jemandem wie Ihnen zu begegnen. Aber warum haben Sie mich ausgewählt?«

Die Frage klang eitel, das war ihm klar, aber sie führte zu unerwarteten Ergebnissen.

»Ihre Botschaft. Sie haben im kleinen dieselbe Entscheidung getroffen, die wir im großen getroffen haben. Wir schließen daraus, daß Sie jemand sind, der unser Bedauern und unsere Scham verstehen kann, über das, was zwischen unseren Rassen geschah – vor langer Zeit.«

»Zwischen . . .?«

»Ja. Lange Zeit dachten wir, Sie wären alle dahin. Es freut uns zu sehen, daß Sie zu einigen Ihrer alten Planeten zurückkehren.«

Otis starrte den Myrb mit glasigen Augen an. Irgendein Instinkt mußte es dem anderen ermöglicht haben, seinen verwirrten Gesichtsausdruck zu lesen. Er entschuldigte sich kurz.

»Ich habe vielleicht vergessen, die Ruinen zu erklären.« Wieder kreisten Jal-Ganyrs Augen langsam.

»Es sind nicht die unseren«, sagte er milde. »Es sind die Ihren.«

Es gibt einen Umstand, der es außergewöhnlich schwierig macht, Verbindung mit einem anderen Individuum – oder mit einer Rasse – herzustellen. Ein neuer Autor befaßt sich hier mit einem Punkt, der technisch ausreichende Kommunikation völlig unwirksam machen könnte . . .

Michael Shaara

Da Capo

Groß waren die Antha, so steht es in dem Einen Buch der Geschichte, größer vielleicht als irgendeines der galaktischen Völker, und sie waren brillant und fair, und ihre Herrschaft dauerte lang, und sie waren groß in allen Dingen, und stolz, auch in der Art ihres Todes –

Einleitung zu Loab:
Die Geschichte der Meisterrasse

Der riesige rote Ball einer Sonne hing glühend auf dem Bildschirm. Jansen drehte an einem Knopf; sein Gesicht wirkte gespannt und übermüdet. Die Sonne wanderte nach rechts aus dem Bildschirm und wurde durch das lebende Schwarz des Weltraums und die Millionen von Lichtpunkten der weiter entfernten Sterne ersetzt. Im nächsten Augenblick glitt die Sonne lautlos wieder über den Schirm und wanderte nach links. Wieder war nichts als Weltraum und Sterne zu sehen.

»Versuchst du es noch mal?« fragte Cohn.

Jansen murmelte: »Nein. Hat keinen Sinn«, und fluchte heftig. »Nichts. Immer wieder nichts.«

Cohn unterdrückte ein Seufzen und begann, die Steuerung einzustellen.

Beide beschäftigte der bittere Gedanke, daß jetzt nur noch ein Versuch ausstand, und dann würden sie nach Hause zurückkehren. Und sie waren zu lange unterwegs gewesen, um mit nichts nach Hause zurückzukehren.

Als die Steuerung eingestellt war, gab es nichts mehr zu tun. Die beiden Männer gingen langsam nach achtern in den Gefrierraum. Sie kletterten mühsam auf die flachen Stahlplatten ihrer Betten, legten sich zurück, warteten, daß der Mechanismus in Gang kam und der Gefriervorgang einsetzte.

Das Raumschiff beschrieb einen Bogen und flog hinaus in die offene Leere. Die Luken standen offen, und seine Geschwindigkeit nahm schnell zu, als es sich von dem riesigen roten Stern entfernte.

Das Objekt wurde auf der letzten Etappe des Streifenflugs gesichtet, als das riesige Schiff der galaktischen Späher über die Große Randwüste hinwegflog und dabei eine lange Kurve beschrieb. Es tauchte als schwacher *Blip-blip* auf dem Massometer auf und wurde natürlich sofort Roymer gemeldet.

»Meldung«, sagte er kurz, und Leutnant Goladan, ein junger und etwas aufgeblasener Higiandrianer, tat das, was bei Higiandrianern einem Hüsteln entspricht, und erstattete dann Meldung.

»Es handelt sich um keinen Meteor«, sagte Leutnant Goladan, »denn dazu ist seine Geschwindigkeit viel zu groß.«

Roymer nickte geduldig.

»Andererseits nimmt die Geschwindigkeit ab, und zwar . . .« – Goladan warf einen Blick auf seine Notizen – »vierundzwanzig Dines pro Segment. Da die Bahn anscheinend direkt auf den Stern Mina zielt und die Fahrtverringerung von willkürlicher Größe ist, müssen wir darauf schließen, daß es sich bei dem Objekt um ein Raumschiff handelt.« Roymer lächelte. »Sehr gut, Leutnant.« Goladan begann, wie eine winzige Nova, zuerst zu glühen und dann größer zu werden.

Ein guter Mann, dachte Roymer tolerant. Seine Rasse hat gute Männer hervorgebracht. Sie haben zwei Millionen Jahre dazu gebraucht, den Raumflug zu meistern; man muß da mit gewissen jugendlichen Verhaltensweisen rechnen.

»Würden Sie bitte die Bewußtseinssuche rufen?« fragte Roymer.

Goladan eilte davon, um gleich darauf mit dem schwerköpfigen nichtmenschlichen Trian, dem Leiter der Bewußtseinssuchabteilung, zurückzukehren.

Trian drehte ein augenähnliches Gebilde zu Roymer herum mit der ernsten Frage:

»Ja, Kommandant?«

Die Angehörigen von Trians Rasse verfügten über keinen Stimmapparat. In der äonenlangen Geschichte ihrer Rasse hatten sie den nie gebraucht.

»Würden Sie sich bitte bereithalten?« sagte Roymer und drückte dann einen Knopf und sprach zur Mannschaft: »Bereithalten für Fremdkontakt.«

Der abrupte Kurswechsel war nur auf dem Sichtschirm zu bemerken, als die Sterne lautlos vorbeischwebten. Das Streifenschiff drehte ab, beschrieb einen weiten Bogen und drang in die Wüste ein, nahm Parallelkurs zu dem fremden, neuen Fahrzeug auf, wobei sie eine diskrete Distanz von – ungefähr – einem Lichtjahr einhielten.

Die Taster erfaßten das Objekt sofort, und Goladan grinste freudig. Ja, ein Raumschiff. Und fremd auch. Ohne Zweifel eine primitive Rasse. Er brachte diese Gedanken Roymer gegenüber zum Ausdruck.

»Ja«, sagte der Kommandant und starrte das fremdartige kleine, projektilähnliche Fahrzeug an. »Ein recht primitiver Typ. Man fragt sich, was sie in der Wüste suchen.«

Goladan nahm einen Ausdruck äußerster Wißbegierde an. »Trian«, sagte Roymer freundlich. »Würden Sie bitte kontakten?«

Der riesige Kopf hob und senkte sich einmal und starrte dann auf den Bildschirm. Einen Augenblick lang herrschte tiefes Schweigen. Dann drehte Trian sich um und starrte Roymer an. In seinen augenähnlichen Gebilden war ein entschieden menschlich wirkender Ausdruck zu erkennen.

»Nichts«, kam der Gedanke. »Ich kann überhaupt keine Präsenz feststellen.«

Roymer hob eine Braue.

»Liegt eine Sperre vor?«

»Nein« – Trian hatte sich wieder zum Bildschirm umgewandt –, »eine Sperre könnte ich feststellen. Aber da ist überhaupt nichts. An Bord jenes Schiffes gibt es überhaupt keine denkende oder empfindende Aktivität.«

Trians Wort war natürlich endgültig, und Roymer war enttäuscht. Ein Raumschiff, auf dem kein Leben herrschte – Roymer zuckte die Achseln. Ein Wrack also. Aber warum die Geschwindigkeitsverringerung? Es ließe sich natürlich durch automatische Steuerorgane erklären, aber warum? Wenn jemand ein Schiff aufgab, würde er doch ganz bestimmt nicht dafür sorgen, daß es ...

Trians Gedanke unterbrach ihn.

»Entschuldigen Sie, aber da ist nichts. Darf ich in mein Quartier zurückkehren?«

Roymer nickte und dankte ihm, und Trian entfernte sich würdevoll. Goladan sagte:

»Sollen wir uns darauf vorbereiten, an Bord des fremden Schiffes zu gehen, Sir?«

»Ja.«

Und dann ließ ihn auch Goladan alleine, um stolz seine Befehle zu erteilen. Roymer fuhr fort, das primitive Fahrzeug anzustarren, das auf dem Bildschirm hing. Seltsam. Es war immer sehr interessant, auf Schiffswracks zu stoßen. Welche Fülle von Geschichten doch jene lautlosen Gräber bargen, die vielleicht Millionen von Jahren durch das tiefe Meer des Weltalls getrieben waren. Am Anfang hatte Roymer gehofft, das Schiff wäre bemannt und fremd, aber – heutzutage war ein Kontakt mit einer isolierten Rasse selten, äußerst selten. Man durfte einfach nicht darauf hoffen, und er würde sich mit diesem ohne Zweifel leeren alten Schiff zufriedengeben müssen.

Und dann drehte sich das Schiff, das er angestarrt hatte, zu Roymers völliger Verblüffung plötzlich um seine Achse und blitzte wie ein lebendes Ding auf einem neuen Kurs davon.

Als die Defroster ansprangen und ihn weckten, lag Jansen eine Weile auf dem Stahltisch und blinzelte. Wie jedesmal nach dem Gefrieren, war es schwierig, gleich zu sagen, ob überhaupt etwas geschehen war. Es war wie ein schnelles Blinzeln, nicht mehr, und dann lag man da und fühlte sich genauso, dachte sogar dieselben Gedanken, und wenn überhaupt etwas anders war, dann allenfalls, daß man ein wenig benommen war. Und doch machte während dieses Blinzelns die Zeit einen großen Sprung, und die Monate zogen vorbei wie – Jansen lächelte –, wie Zaunlatten.

Träge hob er den Blick zu der roten Birne an der Decke. Aus. Er seufzte. Der Gefriervorgang hatte stattgefunden. Er fühlte sich auf unbestimmte Art betrogen, sagte sich, daß er das nächstemal vor dem Einfrieren ein kleines Nickerchen machen würde.

Er stieg vom Tisch und stellte fest, daß Cohn bereits in die Steuerkanzel gegangen war. Er machte sich mit dem Gedanken vertraut, daß sie sich einer neuen Sonne näherten. Und dann wurde ihm plötzlich wieder bewußt, daß dies die letzte sein würde. Jetzt würden sie nach Hause zurückkehren.

Nun denn, hoffentlich hatte die hier Planeten. So weit gereist zu sein, elf Jahre von zu Hause weggewesen zu sein, und doch nichts zu finden ...

Ein Ruck, der durch das Schiff ging, riß ihn aus dem alten Gefühl der Niedergeschlagenheit. Das war bestimmt Cohn, der den Autopiloten ausgeschaltet hatte. Und jetzt, dachte er, werden wir näher herangehen und das Teleskop ausfahren und hinschauen und dann wird wieder nichts sein.

Müde schlurfte er über das eiserne Deck und stieg zur Steuerkanzel hinauf. Er hatte keine Hoffnung mehr, und dabei war er am Anfang so voller Hoffnung gewesen. So wie sie alle voller Hoffnung gewesen waren, dachte er, wie sie jetzt schon seit dreihundert Jahren voller Hoffnung gewesen waren. Und sie werden weiter hoffen, eine kleine Weile noch, und dann wird es schwierig werden, Piloten zu bekommen, trotz der Gefrieranlagen, und dann werden die Sternenschiffe nicht mehr hinausfliegen.

Und der Mensch wird für den Rest seiner Tage Gefangener seines Sonnensystems sein. Deshalb, so bat er demütig und stumm, laß die hier Planeten haben.

Vorne, in der Kuppel der Steuerkanzel, beugte sich Cohn über seine Armaturen, schaltete die Energiezufuhr höher. Er blickte auf und nickte kurz, als Jansen eintrat. Für beide war es, als wären sie höchstens fünf Minuten getrennt gewesen.

»Sind schon alle heiß?« fragte Jansen.

»Nein, noch nicht.«

Das Schiff war mit offenen Luken im Tiefraum gewesen. Die absolute Kälte war eingedrungen, war bis zum Kern des Schiffs vorgedrungen, und es dauerte immer eine Weile, bis das Schiff wieder ganz den Menschen gehörte, bis die Instrumente warm waren. Selbst jetzt war in der Luft noch eine scharfe, durchdringende Kälte zu verspüren.

Jansen setzte sich und rieb sich die Arme.

»Letzte Runde, schätze ich.«

»Ja«, sagte Cohn und fügte dann lakonisch hinzu: »Ich wünschte, Weizsäcker wäre hier.«

Jansen grinste. Weizsäcker, der arme, alte Weizsäcker. Er war schon lange tot, und das war gut so, denn er war der meistgelästerte Mensch im System.

Hundert Jahre lang war seine Theorie über die Geburt von Planeten, daß nämlich jede Sonne notwendigerweise eine Satellitenfamilie gebar, akzeptierter Teil des menschlichen Wissens gewesen. Und dann war natürlich der Weltraumflug gekommen.

Jansen lächelte schief. Ein Glückspilz, dieser Weizsäcker. Jetzt, zweihundert Jahre und tausend Sterne später, hatte man gerade vier Planeten entdeckt. Alpha Centauri hatte einen: ein unfruchtbarer, eisverkrusteter Splitter, nicht viel größer als der Mond; Pollux hatte drei, alles tote Brocken aus kaltem Felsgestein und Eisen. Keiner der anderen Sterne hatte überhaupt einen. Ja, für Weizsäcker wäre es ein großer Schlag gewesen.

Ein Summen riß Jansen aus seinen Gedanken, als das Teleskop ausgefahren wurde. Auf dem Bildschirm wurde es plötzlich hell.

Ganz gegen seine Meinung und dem hoffnungslosen Gefühl, das ihn erfaßt hatte, stand Jansen schnell auf. Er spürte ein nervöses Prickeln in seinen Armen. Die Chance besteht immer, dachte er, ja, eine Chance gibt es schließlich immer. Wir haben nur tausend Sonnen besucht, und in der Galaxis sind tausend Sonnen überhaupt nichts. Es gibt also immer eine Chance.

Cohn arbeitete ruhig und methodisch am Radargerät.

Langsam verdichtete sich das Bild des Sterns in der Mitte des Bildschirms. Jetzt hing er da, riesengroß und gelb, grell strahlend mit Protuberanzen, die den riesigen Kreis unregelmäßig erscheinen ließen. Weil das Schiff nahe war und das Filter vorgeschaltet, waren die Sterne im Hintergrund unsichtbar, der Schirm zeigte also nichts als die eine große Sonne. Jansen begann die Feinabstimmung, um die Umgebung zu untersuchen.

Die Untersuchung war kurz.

Sie hielten einen Augenblick lang inne, ehe sie mit den Tests begannen, blickten der fremden Sonne ins Gesicht. Sie waren die ersten ihrer Rasse, die hierhergekommen waren und es sahen, und eine Weile hielt sie der uralte, tiefgehende Zauber des Weltraums und des unbekannten Universums gefangen.

Sie blickten auf den Bildschirm, und dann schob sich ein kleiner schwarzer Ball in ihr Gesichtsfeld, langsam den schimmernden Rand der Sonnenscheibe durchdringend. Er bewegte sich stetig, vom Rand weg, auf das Zentrum der Sonne zu. Ohne jede Frage ein Planetendurchgang.

Als das fremde Schiff sich bewegte, war Roymer recht verwirrt.

Man stellte das Ergebnis einer Bewußtseinssuche nicht in Frage, das wußte er, und so konnte es an Bord jenes Schiffes kein lebendes Wesen geben. Deshalb konnte man die Schiffsbewegung nur als seltsame Abweichung in dem immer noch funktionierenden Antriebssystem betrachten. Sicher, dachte er, und Frieden kehrte in seinen Geist zurück.

Trotzdem blieb da ein unangenehmes Problem zurück. An Bord jenes Schiffes zu gehen, würde nicht leicht sein, nicht, wenn das Ding dazu neigte, einfach so wegzuhüpfen, ganz ohne Warnung. Roymer hatte zweihundert Jahre der Ausbildung hinter sich, es würde für ihn unmöglich sein, sein Schiff oder seine Mannschaft in unnötige Gefahr zu bringen. Und unstete, unberechenbare Raumschiffe waren ohne Zweifel als gefährlich zu klassifizieren.

Deshalb würde man das Schiff zuerst bewegungsunfähig machen müssen.

Bedauernd trat er mit Feuerkontrolle in Verbindung, übergab die Operation dem zuständigen Offizier und lehnte sich dann wieder zurück, um die Ergebnisse der Aktion gegen das fremde Fahrzeug zu beobachten.

Und der Fremde bewegte sich erneut.

Nicht plötzlich, wie beim letztenmal, sondern ganz gezielt. Das Ding bog erneut von seinem Kurs ab, und seine Geschwindigkeit verringerte sich noch mehr. Es hatte immer noch Kurs auf Mina, aber seine Bahn war jetzt tangential, nicht länger direkt. Während Roymer zusah, wie das Schiff beidrehte, schaltete er den Bildschirm auf stärkere Vergrößerung und prüfte die automatischen Ausgaben auf dem Sichtfeld unter dem Bildschirm. Dann wanderte sein Blick plötzlich auf einen kleinen, kegelförmigen Vorsprung, der sich aus dem Schiff herausgeschoben hatte und dann anhielt, sich auf Mina im Zentrum des Orbit richtete.

Roymer war verblüfft, handelte aber sofort. Die Anweisung an Feuerkontrolle wurde widerrufen, alle Schutzschirme wurden wieder aufgebaut, und das Streifenschiff zog sich schnell in den Schutz des Tiefraums zurück.

Roymer zweifelte nicht, daß die Bewegungen des Fremden von lebender Intelligenz und nicht durch mechanische Mittel gelenkt worden waren. Roymer hatte aber auch keine Zweifel, daß sich an Bord jenes Schiffes *kein* lebendes Geschöpf befand. Ein akutes Problem also.

Roymer spürte ein Prickeln an seinem haarlosen Schädel. In

der Geschichte der Galaxis hatte man nur fünf nichtmenschliche Rassen entdeckt, darunter jedoch keine einzige, die ihre Existenz nicht durch die telepathische Natur ihres Denkens verriet. Roymer konnte sich kein Volk vorstellen, das so fremd war, daß selbst die fundamentale Struktur seines Denkprozesses völlig anders als die der Galaktiker hätte sein können.

Extragalaktiker? Er beobachtete das Schiff scharf und schüttelte dann den Kopf. Nein, das war sicher kein extragalaktisches Schiff. Dazu war es viel zu primitiv.

Extraspatial? Wieder ein Prickeln an seinem Schädel.

Roymer war jetzt total verunsichert; er nahm erneut Verbindung mit Bewußtseinssuche auf und verlangte, daß man sofort Trian zu ihm schickte.

Vor Trian betrat ein völlig verunsicherter Goladan seine Kabine. Die Anweisungen an Fremdkontakt, dann Feuerkontrolle und schließlich der Befehl zum Rückzug hatten den Leutnant sehr beunruhigt. Er war ein Mann, der einen logischen und etwas behäbigen Gang der Ereignisse gewöhnt war. Er wartete gespannt, daß sein gewöhnlich nicht aus der Ruhe zu bringender Kommandant ihm irgendeine Erklärung lieferte.

Roymer jedoch war ganz damit beschäftigt, den neuen Kurs des Fremden zu verfolgen. Ein Orbit um Mina, stellte Roymer fest, ein kegelförmiger Vorsprung am Schiff, der auf den Stern gerichtet war; ein Kriegsgerät oder irgendein Meßinstrument?

Der behäbige Trian erschien – Gehen würde seine Bewegungsart nicht richtig beschreiben – und wurde gebeten, einen weiteren Kontaktversuch mit dem Fremden zu unternehmen. Er erwiderte die Bitte mit seinem vertrauten, gespenstischen Schweigen, und als er sich nach kurzem Augenblick wieder Roymer zuwandte, vermittelte der von ihm übertragene Gedanke Überraschung.

»Das kann ich nicht verstehen. Jetzt ist dort Leben.«

Roymer war erleichtert, aber Goladan blinzelte.

Trian blickte wieder auf den Bildschirm und fuhr fort:

»Sehr bemerkenswert. Zwei Lebewesen. Rasse vom Menschentyp. Ihre Präsenz ist sehr klar. Es sind . . .« – er hielt kurz inne – »Forscher, wie es scheint. Aber sie waren vorher nicht da. In hohem Maße entnervend.«

Ja, in der Tat, dachte Roymer und fragte schnell: »Haben sie uns wahrgenommen?«

»Nein. Ihre Aufmerksamkeit gilt dem Stern. Soll ich kontakten?«

»Nein. Noch nicht. Wir werden sie zuerst beobachten.«

Das fremde Schiff schwebte vor ihnen auf dem Bildschirm und bewegte sich in langsamem Orbit um den Stern Mina.

Sieben. Sieben waren es. Sieben Planeten, und wenigstens drei hatten eine Atmosphäre, und zwei konnten sogar bewohnbar sein. Jansen war so aufgeregt, daß er in der Steuerkanzel herumhüpfte. Cohn tat gar nichts, er grinste nur breit, und die beiden schüttelten sich immer wieder die Hände und strahlten.

»Sieben!« schrie Jansen. »Die alte glückliche Sieben!«

Dann stellten sie schnell und äußerst nervös spektrografische Analysen jeder einzelnen jener sieben faszinierenden Welten an. Sie begannen mit den mittleren Planeten in dem günstigen Temperaturgürtel, wo die Wahrscheinlichkeit am größten war, daß es Leben gab, und dann arbeiteten sie sich nach draußen.

Aus Gründen, die ebenso sentimentaler wie praktischer Natur waren, begannen sie mit dem dritten Planeten dieser fruchtbaren Sonne. Er hatte eine dünne Atmosphäre, schwächer noch als die des Mars, und keinen Sauerstoff. Schweigend nahmen sie sich den vierten vor. Er war kalt und schwer, vielleicht doppelt so groß wie die Erde, und besaß eine dicke Hülle giftiger Gase. Sie erkannten mit wachsender Furcht, daß dort keine Hoffnung bestand, und wandten sich schnell nach innen, der wärmeren Zone näher bei der Sonne zu.

Auf dem zweiten Planeten zogen sie – wie Jansen es ausdrückte – das große Los.

Er war eine warme, grüne Welt, von erdähnlicher Größe und Atmosphäre; die Sauerstoff- und Wasserdampflinien zeigten sich deutlich und klar in der Analyse.

»Das scheint zu passen«, sagte Jansen und grinste wieder.

Cohn nickte, wandte sich vom Bildschirm ab und ging an die Navigationsgeräte.

»Fliegen wir hin und sehen wir nach!«

»Zuerst ein Radio-Check.« So wollte es die Vorschrift. Jansen hatte es sich tausendmal ausgemalt. Er schaltete den Empfänger ein, wartete, bis sich die Röhren angewärmt hatten, und suchte dann die Wellenbereiche ab. Während sie sich dem neuen Planeten näherten, lauschte er gebannt, ging alle Wellenlängen durch, wartete auf irgendein Geräusch. Da war nichts, nur das prasselnde Rauschen des offenen Weltraums.

»Nun«, sagte er schließlich, als der grüne Planet auf dem Schirm groß wurde, »wenn es eine Rasse gibt, dann hat sie jedenfalls das Radio noch nicht erfunden.«

Cohn zeigte seine Erleichterung.

»Könnte eine junge Zivilisation sein.«

»Oder eine, die so alt und so fortgeschritten ist, daß sie kein Radio *brauchen*.«

Aber Jansen ließ sich die Freude nicht dämpfen. Es war unmöglich zu wissen, was sie hier erwarten würde. Das war jetzt genauso wie damals, vor dreihundert Jahren, als das erste Schiff von der Erde sich dem Mars näherte. Und so wird es immer wieder sein, dachte Jansen, in jedem anderen System, das wir aufsuchen. Wie kann man sich ausmalen, was sein wird? Da gibt es nichts, aber auch gar nichts in deiner Vergangenheit, das dir einen Hinweis darauf gibt. Nur hoffen kannst du.

Der Planet war ein wunderschöner, grüner Ball auf dem Bildschirm.

Der Gedanke, der aus Trians Bewußtsein hervorkam, war von Erleichterung erfüllt. »Jetzt verstehe ich, wie die das gemacht haben. Sie haben völlige Stasis erzielt, einen perfekten Zustand des Anhaltens jeglicher Lebensregung. Sie erzeugen das durch geniale Nutzung der absoluten Kälte des Weltalls. So kommt es, daß ihr Bewußtsein, wenn sie – sie nennen das ›gefroren‹ – sind, nicht funktioniert und ihr Leben nicht entdeckbar ist. Sie haben sich gerade erst wieder belebt und lenken jetzt ihr Schiff.«

Roymer verarbeitete die neue Information langsam. Was für eine Art Rasse war das? Eine Rasse, die in primitiven Sternenschiffen flog – und doch hatte sie schon eines der größten Probleme in der galaktischen Geschichte gelöst, ein Problem, das die Galaktiker Millionen von Jahren lang vor ein Rätsel gestellt hatte.

Roymer beunruhigte das.

»Sehr geschickt«, dachte Trian. »Sie benutzen diese Anlage, um die subjektive Zeit zu verändern, die sie für ihre Forschungen benötigen. Ihr Raumschiff hat eine ziemlich geringe Höchstgeschwindigkeit. Demzufolge würde ihre Reise ohne dieses – Gefrieren – einen guten Teil ihres Lebens verzehren.«

»Können Sie den Bewußtseinstyp klassifizieren?« fragte Roymer mit wachsender Sorge.

Trian überlegte eine Weile.

»Ja«, dachte er schließlich, »obwohl es ein höchst ungewöhnlicher Typ ist. Ich habe ihn noch nie zuvor beobachtet. Die allgemeine Klassifikation wäre wohl Intelligenz vier. Aber bei genauerer Betrachtung würde ich sie eher auf der neunten Ebene einordnen.«

Roymer fuhr hoch. »Neunte Ebene?«

»Ja. Ich sagte ja schon, sie sind sehr ungewöhnlich.«

Roymer war jetzt sichtlich besorgt. Er wandte sich ab und ging ein paarmal in der Kabine auf und ab. Dann verließ er abrupt den Raum und ging zu den Archiven für Fremdklassifikation. Er war lange weg, während Goladan unruhig auf und ab ging und Trian fortfuhr, Informationen zu sammeln, die er quer durch das All dem Bewußtsein der Fremden entzog. Endlich kam Roymer zurück.

»Was tun sie jetzt?«

»Sie nähern sich dem zweiten Planeten. Sie sind gerade dabei, zu prüfen, ob die Umstände dort für die Errichtung einer Kolonie geeignet sind.«

Roymer gab bedächtig seine Anweisungen an die Navigation. Das Streifenschiff setzte sich in Bewegung und jagte schnell auf den zweiten Planeten zu.

Es gab einen einzigen, riesig großen, blauen Ozean, der eine ganze Hemisphäre der neuen Welt bedeckte. Und der Rest war junger Dschungel, feucht und grün und leer von jeder Art von Leuten, vollgestopft mit seltsamen grünen und orangefarbenen Gewächsen. Sie umkreisten den Planeten in einer Höhe von reichlichen tausend Metern und sahen zu ihrer Verblüffung und Freude kein einziges lebendes Geschöpf. Keinen Vogel und auch keinen Hasen, oder deren fremdes Äquivalent, tatsächlich überhaupt nichts, was nach einem Tier aussah. Und so starrten sie fasziniert und glücklich zugleich durch die Luken.

»Wir haben es geschafft«, sagte Jansen wieder.

»Wie, meinst du denn, sollten wir ihn nennen?« fragte Cohn geistesabwesend. »Neue Erde? Utopia?«

Gemeinsam sahen sie zu, wie das Terrain unter ihnen dahinzog.

»Überhaupt keine Bewohner. Er gehört uns.« Und nach einer Weile sagte Jansen: »Neue Erde. Das ist ein guter Name.«

Cohn musterte die Bodenformationen scharf.

»Fällt dir nicht auch auf, daß diese Bergketten alle . . . irgendwie . . . kreisförmig aussehen? Wie auf dem Mond, aber zugewachsen und erodiert. Es sind alles fast perfekte Kreise.«

Jansen löste seine Gedanken von den grandiosen Visionen der künftigen Kolonie und versuchte, die Berge mit objektivem Blick wahrzunehmen. Ja, stellte er mit leichter Überraschung fest, sie waren rund wie Mondkrater.

»Eigenartig«, murmelte Cohn. »Nicht natürlich, das glaube ich nicht. Das könnte nicht sein. Meteore sind in dieser Atmosphäre unwahrscheinlich. Was in . . .«

Jansen fuhr zusammen. »Da schau«, rief er plötzlich, »ein kreisrunder See!«

In der Nähe des Nordpols erschien ein See, der ein perfekter Kreis war. Es gab keinen einzigen Bruch in seinem Rand, abgesehen von einem kleinen Fluß, der sich vom Norden in den See ergoß.

»Das ist nicht natürlich«, sagte Cohn kurz, »das hat jemand gebaut.«

Sie bewegten sich nun über der Nachtseite des Planeten, und Cohn drehte das Schiff herum. Dieses Gefühl des Entzückens war zu neu für sie, als daß sie es hätten aufgeben wollen, aber der seltsame Anblick einer großen Zahl perfekter Kreise, die ganz willkürlich wie die Überreste mächtiger Einschläge auf der Oberfläche des Planeten verteilt waren, war doch beunruhigend.

Schließlich ließ der Anblick eines speziellen Kraters, eines großen, kahlen Lochs inmitten einer weiten, roten Wüste, in Jansens Erinnerung etwas anklingen, und er stieß hervor:

»Ein Krieg! Hier hat es Krieg gegeben. Der da sieht aus wie der Krater einer Kernfusionsbombe.«

Cohn starrte hinaus und hob dann die Brauen.

»Ich fürchte, du hast recht.«

»Ein Bombenkrater, siehst du? Der wirft nach allen Seiten einen Kreiswall auf und tötet ...« Plötzlich kam Jansen ein schrecklicher Gedanke: Radioaktivität. Ob es hier Radioaktivität geben würde?

Während Cohn das Schiff im niedrigen Flug über die Wüste steuerte, versuchte er, Jansens Ängste zu beruhigen.

»Da kann nicht viel sein. Zu viel pflanzliches Leben. Überall Dschungel. Beruhige dich!«

»Aber auf dem ganzen Planeten ist kein einziges Lebewesen zu sehen. Ich wette, das liegt daran, daß hier Krieg war. Er ist ihnen außer Kontrolle geraten, die Radioaktivität hat alles vernichtet. Wir hätten das beinahe auf der Erde auch so weit getrieben!«

Sie glitten über die flache Leere der Wüste, und plötzlich begannen ihre Geigerzähler wie wild zu ticken.

»Da ist es«, sagte Jansen, als wäre damit alles abgeschlossen. »Immer noch radioaktiv. Vielleicht ist es noch gar nicht so lange her.«

»Das kann eine Million Jahre zurückliegen, woher sollen wir das wissen?«

»Nun, die meisten Landstriche sind anscheinend ungefährlich. Wir werden das genau überprüfen, ehe wir landen.«

Als Cohn das Schiff hochzog, pfiff er durch die Zähne.

»Glaubst du, daß es wirklich gar keine Lebewesen gibt? Ich

meine, keine Insekten, keine Bakterien oder Viren? Das wäre ja eine völlig saubere, neue Welt!« Er konnte den Blick nicht vom Bildschirm wenden.

Sie begannen mit dem Landeanflug. In wenigen Augenblicken würden sie das Schiff verlassen und ins Sonnenlicht dieses neuen Planeten hinaustreten. Unbeschreibliches Glücksgefühl hatte sie gepackt. Sie waren Erdenmenschen, für immer befreit von der drangvollen Enge des Systems, Erdenmenschen, die zu den Sternen hinausgeflogen waren und jetzt auf der nächsten Welt ihres Reiches landeten.

Cohn konnte nicht mehr an sich halten.

»Brauchen wir eine Flagge?« fragte er grinsend. »Wie nehmen wir diese Welt in Besitz?«

»Indem wir einfach landen, Mann!« rief Jansen.

Cohn begann glucksend zu lachen.

»O wackere neue Welt«, lachte er, »die *keine* Menschen trägt.«

»Aber warum müssen wir Kontakt mit ihnen aufnehmen?« fragte Goladan ungeduldig. »Könnten wir nicht einfach . . .«

Roymer unterbrach ihn, ohne ihn anzusehen.

»Das Gesetz verlangt, daß zuerst Kontakt hergestellt und die Situation geklärt wird, ehe wir irgend etwas unternehmen. Sonst wäre es ein barbarischer Akt.«

Goladan schwieg und brütete vor sich hin.

Das Streifenschiff hing im Schatten der Nachtseite des Planeten und verfolgte den Flug der Fremden vermittels ihrer radioaktiven Spur. Der Fremde wollte auf der Tagesseite landen.

Trian kam jetzt mit den anderen Mitgliedern der Fremdkontaktmannschaft nach vorne und machte Roymer Meldung.

»Die Fremden sind gelandet.«

»Ja«, sagte Roymer, »wir lassen ihnen etwas Zeit. Trian, meinen Sie, die Übertragung wird Schwierigkeiten bereiten?«

»Nein, die Unterhaltung wird nicht schwierig sein. Obwohl die wirre und komplizierte Art ihrer Denkmuster ihre inneren Reaktionen etwas obskur erscheinen läßt. Aber ich glaube nicht, daß es ein Problem geben wird.«

»Gut. Sie bleiben also hier und übertragen die Botschaften.«

»Ja.«

Das Streifenschiff jagte zum Nordpol und schwang dann in einem weiten Bogen herum, auf den Äquator zu, umkreiste die Stelle, wo der Fremde gelandet war. Roymer lenkte sein Schiff hinunter und landete mit der Lautlosigkeit, die für die Galaktiker charakteristisch war, etwa zwei Kilometer östlich der Fremden in einem Gehölz. Die Galaktiker blieben noch eine Weile in ihrem Schiff, während Trian weiter nach Informationen suchte. Als die Fremdkontaktmannschaft schließlich ausstieg, hatten Roymer und Goladan ihre Spitze übernommen. Der Rest der Mannschaft tauchte lautlos im Dschungel unter.

Während Roymer durch den jungen, orangefarbenen Busch ging, betrachtete er sich die Welt, die sie umgab. Fast bereit zur Wiederbevölkerung, dachte er. Noch hundert Jahre, und die Strahlung wird verschwunden sein, und wir werden zurückkommen. Eine nach der anderen werden die Welten jenes Krieges wieder besetzt werden.

Er fühlte Trians Gedanken, der plötzlich aus seinem Bewußtsein an die Oberfläche kam.

»Sie nähern sich ihnen jetzt. Seien Sie vorsichtig! Sie sind hinter der nächsten kleinen Anhöhe. Ich glaube, Sie sollten warten, die halten sich ganz dicht bei ihrem Schiff.«

Roymer sandte ein lautloses »Ja« zurück. Er winkte Goladan zu, sich ruhig zu verhalten, und führte sie die letzte Anhöhe hinauf. Im Dschungel rings um sie bewegte sich lautlos die galaktische Mannschaft.

Die Luft war perfekt; es gab keine Strahlung. Abgesehen von der grellen, orangeroten Farbe der Vegetation hätten sie sich in einem Garten Eden befinden können. Jansen empfand instinktiv, daß hier keine Gefahr herrschte, nicht irgendein Virus oder Mehltau oder sonst etwas, das ihnen gefährlich werden konnte. Es drängte ihn danach, aus seinem Raumanzug zu schlüpfen, herumzulaufen, zu atmen – aber das war verboten. Nicht auf der ersten Fahrt. Das würde später kommen, nachdem all die Tests und Experimente durchgeführt und diese Welt als sicher klassifiziert worden war.

Eine der ersten Handlungen Jansens war, den Recorder herauszuholen und feierlich diese Welt für die Solare Föderation in Anspruch zu nehmen, wobei er die historischen Worte für die Archive der Erde aufzeichnete. Dann blieben er und Cohn eine Weile an der Luftschleuse ihres Schiffes stehen und sahen sich die fremde und doch vertraute Welt an, die sie entdeckt hatten.

»Später suchen wir nach Ruinen«, sagte Cohn. »Paß auf, ob sich etwas bewegt. Es ist immerhin möglich, daß noch welche von ihnen da sind, und wer weiß, wie die aussehen. Wahrscheinlich Mutanten mit fünf Köpfen. Paß also auf!«

»Geht klar.«

Jansen begann, Proben einzusammeln, vom Boden, aus der Luft und auch vom Blattwerk. Der Humus war Erdhumus, es gab da keinen Unterschied. Er beugte sich vor und rieb die weiche, feuchte Erde zwischen den Fingern. Mag sein, daß die Blumen ein wenig seltsam sind – wahrscheinlich mutiert, dachte er –, aber die Erde ist ganz ehrliche Erde, und ich wette, die Luft ist so wie zu Hause.

Er richtete sich auf und starrte in das klare, offene Blau des Himmels, spürte erneut den fast überwältigenden Drang, seinen Helm aufzureißen und zu atmen. Und während er zum Himmel starrte und hinüber zu den grün- und orangefarbenen Hügeln, kam plötzlich, nur ein kurzes Stück von ihm entfernt, ein kleiner alter Mann über den Hügel geschlendert.

Sie standen da und sahen einander über die lautlose Stille einer fremden Lichtung hinweg an. Roymers Gesicht war alt, es lächelte; Jansen erwiderte seinen Blick mit völliger Verblüffung.

Nach einer kurzen Pause begann Roymer, von Goladan gefolgt, die Lichtung zu betreten, und Jansen griff nach seinem Hitzestrahler.

»Cohn!« schrie er mit rauher, brüchiger Stimme. »Cohn!«

Und als Cohn sich umdrehte und sah und erstarrte, hörte Jansen, wie in seinem Gehirn Worte gesprochen wurden. Es waren Worte, die von dem kleinen, alten Mann kamen.

»Bitte schießen Sie nicht«, sagte der Alte, ohne daß seine Lippen sich bewegten.

»Nein, nicht schießen«, sagte Cohn schnell. »Warte, tu ihm nichts.« Auch Cohn hatte die Hand an seinem Hitzestrahler.

Roymer lächelte. Für die beiden Erdenmenschen war sein Gesicht unglaublich alt und weise und sanft. Er dachte: Wäre ich jetzt nicht ein Mensch gewesen, dann hätten sie mich getötet.

Er schickte seinen Gedanken an Trian zurück. Der Bewußtseinssucher nahm ihn auf, lenkte ihn in die Gehirne der Erdenmenschen, schickte ihn durch ihre kortikalen Zentren in ihr Bewußtsein, so daß sie die Worte in der Sprache der Erde hörten. »Danke«, sagte Roymer sanft. Jansens Hand hielt die Hitzepistole auf Roymers Brust gerichtet. Er starrte ihn an, wußte nicht, was er sagen sollte.

»Bitte, bleiben Sie stehen, wo Sie sind!« Cohns Stimme war hart und gleichmäßig.

Roymer blieb gehorsam stehen. Goladan stand dicht hinter ihm und musterte die Erdenmenschen mit einer Mischung aus Furcht und Neugierde. Der Anblick der Furcht half Jansen sehr.

»Wer sind Sie?« sagte Cohn, deutlich darum bemüht, Abstände zwischen die Worte zu legen.

Roymer verschränkte die Hände bequem über der Brust. Er lächelte immer noch.

»Wenn Sie erlauben, werde ich unsere Anwesenheit erklären.«

Cohn starrte ihn wortlos an.

»Es wird sehr viel zu erklären geben. Dürfen wir uns setzen?«

Trian half mit der Anregung. Sie setzten sich.

Die Sonne der neuen Welt ging unter, und die Konferenz dauerte an. Roymer redete die meiste Zeit. Die Erdenmenschen saßen wie gebannt da.

Es war, als wären sie im Laufe weniger Sekunden plötzlich erwachsen geworden.

Die Geschichte der Erde und der ganzen Menschheit verblaßte einfach, tauchte in der Versenkung unter. Sie hörten von großen Rassen und Welten ohne Zahl, deren grenzenlose Regierung die Galaktische Föderation war. Die Märchen, die Legenden, die

Träume von tausend Jahren waren plötzlich Wahrheit geworden in Gestalt eines kleinen alten Mannes, der nicht von der Erde stammte. Es gab viel für sie zu lernen und in sich aufzunehmen und alles das im Zeitraum eines einzigen Nachmittags auf einem fremden Planeten.

Aber es war ebenso neu und wirklich für sie, daß sie einen unbewohnten, fruchtbaren Planeten entdeckt hatten, den ersten, den der Mensch gefunden hatte. Und sie schauderten einfach vor der plötzlichen Erkenntnis zurück, daß der Planet vielleicht das Eigentum anderer sein könnte – daß die Galaktiker alles besaßen, was es wert war, besessen zu werden.

Es war ein unerträglicher Gedanke.

»Wie weit«, fragte Cohn, dem ein Kloß in der Kehle saß, »wie weit erstreckt sich die Galaktische Liga?«

Roymers Stimme klang ruhig und direkt in ihrem Bewußtsein. »Sie umfaßt nur die zentralen Regionen der Galaxis. Es gibt Millionen von Sternen draußen am Rand, die noch nicht erforscht sind.«

Cohn entspannte sich, beugte sich erleichtert nach vorne. Es gab also Raum für die Menschen der Erde.

»Dieser Planet hier. Ist er Teil der Föderation?«

»Ja«, sagte Roymer, und Cohn versuchte, seinen Gedanken zu verbergen. Cohn war zornig und hoffte, daß der Fremde seine Gedanken nicht so gut lesen konnte, wie er zu ihnen zu sprechen vermochte. So weit gekommen zu sein . . .

»Es gab hier einmal eine Rasse«, sagte Roymer. »Eine humanoide Rasse, die vom Krieg fast völlig vernichtet wurde. Dieser Planet ist sehr lange Zeit unbewohnbar gewesen. Einige seiner Bewohner, die zum Zeitpunkt des letzten Angriffs im Weltraum waren, sind verschont worden. Die Föderation hat sie anderswo untergebracht. Wenn der Planet fertig ist, wird man die Nachkommen jener Überlebenden zurückbringen. Er ist ihr Zuhause.« Keiner der beiden Erdenmenschen sagte etwas.

»Es ist überraschend«, fuhr Roymer fort, »daß Ihre Heimatwelt in der Wüste liegt. Wir hatten geglaubt, daß es dort keine bewohnbaren Welten gibt . . .«

»Die Wüste?«

»Ja. Die Region der Galaxis, aus der Sie gekommen sind, wird von uns die Wüste genannt. Es ist ein Gebiet, in dem es fast keine Planeten gibt. Würde es Ihnen etwas ausmachen, mir zu sagen, welcher Stern der Ihre ist?«

Cohn zuckte zusammen.

»Ich fürchte, unsere Regierung würde nicht zulassen, daß wir irgendwelche Informationen in bezug auf unsere Rasse preisgeben.«

»Wie Sie wünschen. Es tut mir leid, daß Sie beunruhigt sind. Ich hätte nur gerne gewußt . . .«

Er machte eine wegwerfende Handbewegung, um anzudeuten, daß die Information unwichtig war. Wir werden es später erfahren, dachte er, wenn wir ihre Karten entziffern. Das Ende der Konferenz nahte. Er war dabei, das zu sagen, was er sagen mußte, das, weshalb er gekommen war.

»Ohne Zweifel haben Sie die Sterne in der Umgebung Ihrer Welt erforscht?«

Die Erdenmenschen nickten beide. Wäre die Frage bezüglich Sols nicht gewesen, hätten sie schon lange jede Furcht vor diesem freundlichen, alten Mann und seinem großäugigen, stummen Begleiter verloren.

»Vielleicht möchten Sie gerne wissen«, sagte Roymer, »warum Ihr Gebiet eine Wüste ist.«

Plötzlich waren Jansen und Cohn ganz gebannte Aufmerksamkeit. Das war es, das Ende von dreihundert Jahren des Suchens. Sie würden mit der Antwort nach Hause zurückkehren.

Roymer sprach weiter.

»Vor nicht allzu langer Zeit«, begann er, »etwa vor dreißigtausend Jahren nach Ihrer Zeitrechnung, beherrschte eine große Rasse die Wüste, die Rasse, die man die Antha nannte. Und damals war es noch keine Wüste. Die Antha regierten Hunderte von Welten. Sie waren vielleicht die größte Rasse von allen galaktischen Völkern; jedenfalls hat die Galaxis noch nie eine so brillante Rasse wie sie gekannt.

Aber sie waren keine gute Rasse. Als sie noch jung waren, versuchten wir Hunderte von Jahren, sie in die Föderation einzugliedern. Sie weigerten sich, und wir übten natürlich keinen Zwang aus. Aber während die Jahre verstrichen, weitete sich das Ausmaß ihres Wissens erstaunlich aus; binnen kurzer Zeit waren sie in technischer Hinsicht jeder anderen Rasse in der Galaxis ebenbürtig. Und dann setzten die Antha zu einer Ära imperialistischer Expansion an.

Sie waren überlegen, das wußten sie, und sie waren stolz. Und so verdrängten und eroberten sie die Rassen und Welten des Gebietes, das jetzt als Wüste bekannt ist. Ihre Herrschaft war tyrannisch wie noch nie zuvor eine in der Geschichte der Galaxis.«

Die Erdenmenschen rührten sich nicht von der Stelle, und Roymer fuhr fort.

»Aber die Antha gehörten der Föderation nicht an und waren daher für ihre Taten nicht zur Rechenschaft zu ziehen. Wir konnten nur zusehen, wie ihr böses Regime von Welt zu Welt weiterrückte und sich ausbreitete. Sie waren völlig rücksichtslos.

Als Beispiel für ihre Art von Herrschaft werde ich Ihnen schildern, welches Verbrechen sie gegen die Apectaner begingen.

Der Planet Apectus leistete den Antha nicht nur Widerstand, sondern schaffte es auch, ihrem Angriff einige Jahre lang standzuhalten. Schließlich siegten die Antha doch und führten als Vergeltung für den Widerstandsgeist der Apectaner das brutalste ihrer Massenexperimente durch.

Sie waren ein brillantes Volk. Sie hatten mit Genen experimentiert, mit Erbanlagen. Irgendwie fanden sie eine Möglichkeit, die Gene der Apectaner zu verändern. Es waren Humanoiden wie sie, und sie führten das Experiment im großen Maßstab durch. Sie rotteten die Rasse nicht aus, ihre Rache war viel schlimmer. Jeder Apectaner, der seit der Antha-Invasion geboren wurde, ist mit nur einem Arm zur Welt gekommen.«

Jansen hielt den Atem an, es war schrecklich, so etwas anzuhören. Und dann drängte sich ihm plötzlich eine Erinnerung auf. Cäsar hat das getan, dachte er. Er hatte seinen Gegnern in Gallien die rechte Hand abschneiden lassen. Seltsamer Zufall. Jansen wurde unruhig.

Roymer hielt einen Augenblick lang inne.

»Die Nachricht von dem, was den Apectanern geschehen war, trieb die Galaktischen Völker zu den Waffen. Aber erst, als die Antha eine Welt der Föderation angriffen, handelten wir. Es war der größte Krieg in der Geschichte des Lebens.

Sie werden vielleicht begreifen, ein wie großes Volk die Antha waren, wenn ich Ihnen sage, daß sie alleine, ohne Hilfe, auf ihre eigenen Resourcen angewiesen, gegen den Rest der Galaktiker kämpften und ihren Angriff fast zum Stillstand brachten. Und die schrecklichen Jahre zogen dahin, in denen wir ganze Rassen und Planeten verloren – wie diesen hier, es war einer, den die Antha vernichteten –, und doch konnten wir sie nicht besiegen.

Erst nach vielen Jahren, als ein Galaktiker die gefährlichste Waffe, die es je gab, erfand, konnten wir siegen. Diese Erfindung – nur der Galaktische Rat kennt sie – versetzte uns in die Lage, die Sonnen der Antha in Novae zu verwandeln, auf weite Distanz hin. Wir vernichteten die Anthawelten eine nach der anderen. Wir jagten sie durch die Planeten der Wüste; zum erstenmal in der Geschichte war das Edikt der Föderation Tod, Tod für eine ganze Rasse. Schließlich gab es, wo die Antha einst gewesen waren, keine bewohnbaren Welten mehr. Wir verbrannten ihre Welten und jagten sie durch den ganzen Weltraum. Vor dreißigtausend Jahren ging die Zivilisation der Antha unter.«

Roymer hatte geendet. Er sah die Erdenmenschen aus müden, ernsten Augen an.

Cohn starrte ihn fasziniert und mit offenem Mund an, aber Jansen – ihm lief plötzlich ein eisiger Schauer über den Rücken, ohne daß er hätte sagen können, weshalb. Die Geschichte Cäsars beschäftigte ihn immer noch. Und plötzlich drängte sich ihm ein schrecklicher Verdacht auf.

»Sind Sie sicher, daß Sie sie alle erwischt haben?«

»Nein. Sicher müssen einige entkommen sein. Es waren zu viele im Weltraum, und der Raum ist ohne Grenzen.«

Jansen fragte: »Hat man seitdem von irgendwelchen gehört?«

Roymer lächelte immer noch, als die Wahrheit ans Licht kam. »Nein. Bis jetzt nicht.«

Jetzt waren es nur noch ein paar Sekunden. Er gab ihnen Zeit, um zu verstehen. Er konnte nicht anders, er mußte ihnen sagen, daß es ihnen leid tat. Er entschuldigte sich sogar. Und dann schickte er seinen Gedanken mit dem Befehl hinaus.

Die Antha starben schnell und lautlos, ohne Schmerz.

Nur dreißigtausend Jahre, dachte Roymer, aber dreißigtausend Jahre, und schon kehren sie zu den Sternen zurück. Sie besitzen keine Erinnerung mehr an das, was sie waren, oder das, was sie getan haben. Sie haben wieder von vorne begonnen, die alte Geschichte ihrer Rasse ist vergessen, und in dreißigtausend Jahren sind sie den ganzen Weg aufs neue gegangen.

Roymer schüttelte den Kopf. Staunen und etwas wie Ehrfurcht erfüllte ihn. Das brillanteste Volk, das es je gab.

Goladan kam lautlos mit den letzten Berichten heran.

»Es gibt keine Karten«, brummte er, »überhaupt keine Aufzeichnungen. Wir werden den Weg zu ihrem Heimatstern nicht finden.«

Roymer wußte wirklich nicht, was nun richtig war, ob er enttäuscht oder erleichtert sein sollte. Wir können sie jetzt nicht vernichten, dachte er. Nicht gleich. Die Erleichterung gewann die Oberhand. Vielleicht gibt es diesmal einen Weg, dachte er, vielleicht wird man sie nicht vernichten müssen. Sie könnten . . .

Er erinnerte sich an das Edikt – das Edikt des Todes. Die Antha hatten es für sich selbst geschmiedet, und es war gerecht. Er begriff, daß nicht viel Hoffnung bestand.

Die Berichte lagen auf seinem Schreibtisch, und er las sie mit einem schiefen Lächeln. Es gab wirklich keine Möglichkeit, ihren Herkunftsort ausfindig zu machen. Sie hatten keine Karten, nur eine Serie von Kurskoordinaten, die auf ihrem Heimatplaneten vorbereitet wurden und die man nicht entziffern konnte. Selbst in diesem Stadium ihrer Zivilisation hatten sie bereits die Konsequenzen eingeplant, die es zu bedenken gab, falls ihr Schiff in fremde Hände geriet. Dies, obwohl sie in der Wüste lebten.

Goladan riß ihn mit einer besorgten Frage aus seinen Gedanken:

»Was können wir tun?«

Roymer blieb stumm.

Wir könnten warten, dachte er. Allmählich werden sie einer nach dem anderen aus der Wüste herauskommen. Wenn sie kommen, werden wir warten. Vielleicht werden wir eines Tages einen zurückverfolgen und ihre Welt vernichten und vielleicht finden wir vorher eine Möglichkeit, um sie zu retten.

Und dann, ganz plötzlich, während seine Gedanken sich noch mit dem Bericht befaßten, der vor ihm lag, und sich dem genialen Gefriermechanismus zuwandten, drängte sich ihm eine eisige Vorstellung auf.

Vielleicht, dachte er ruhig, weil er ein Philosoph war, vielleicht werden sie herauskommen und bereits darauf vorbereitet sein, die Galaxis zu beherrschen.

Teil Zwei

Weiter und immer weiter

Die Papierraumschiffe sind unterwegs. Die Galaxis steht offen wie einst der Wilde Westen.

Die Überraschungen, denen die Menschheit in der Galaxis begegnete, waren eine Frage der Spekulation, und die einzelnen Autoren beantworten die Frage je nach ihrem persönlichen Temperament. Fast jeder Science Fiction-Autor hat irgendwann einmal einen Blick auf die interplanetarischen Imperien geworfen und seine eigene Interpretation geliefert, ob sie nun Föderalismus oder Kolonialismus war. Robert Heinlein, E. E. Smith, Van Vogt, Beam Piper, Henry Kuttner, James Blish – jeder bot seine eigene Version an. E. E. Smiths multirassische galaktische Kultur, die sich über die sechs Bände der Lensman-Saga ausgedehnt hat, ist besonders berühmt geworden.

In einem Punkt waren sich alle einig. Es gehörte Macht dazu, um jede beliebige Art des Imperiums aufzubauen oder zu erhalten. Dieser Abschnitt enthält drei interessante Interpretationen, wie etwa diese Macht ausgeübt werden könnte.

Mark Clifton und Alex Apostolides demonstrieren in *Wir sind zivilisiert! (We're Civilized!)* das Unmoralische der Macht – und wir fühlen jenes Unmoralische am ausgeprägtesten, wenn es sich gegen uns richtet. Carl Sagan sprach kürzlich zur Frage der Kommunikation mit anderen Intelligenzen in der Galaxis. An einem Punkt sagte er: »Wir wollen überlegen, was wir tun sollten, falls sie sich dazu entscheiden, mit uns in Verbindung zu treten . . .« – und da rief eine eindringliche Stimme aus dem Zuhörersaal: »Den Hörer nicht abheben!« Ohne Zweifel hatte der Zwischenrufer Cliftons und Apostolides' Geschichte gelesen.

Bei der Asimov-Story handelt es sich um den ersten Abschnitt seiner Foundation-Trilogie, von der man sagt, sie sei das populärste Werk der Science Fiction, das je geschrieben wurde. Diese Geschichte erschien 1942 in *Astounding Science Fiction* und nahm sofort die Fantasie der Leser gefangen. Warum das so ist, ist nicht schwer zu erkennen. Es gibt einen komischen Augenblick, in dem der Bürgermeister von Terminus aufspringt und ruft: »Die Galaxis geht vor die Hunde!« – und genau das tut sie, wenn man die Schriftsteller gewähren läßt. Aber Asimovs von Menschen beherrschte Galaxis hat besondere Qualitäten, insbesondere die Qualität, die ihn von vielen seiner Schriftstellerkollegen abhebt: Er ist für Ordnung. Wie H. G. Wells, den Asimov insofern nachgeahmt hat, indem er sich vom Roman ab – und dem populärwissenschaftlichen Werk zugewandt hat, ist er gegen das Unordentliche des Krieges und des Tötens. Ebenso wie seine Roboter von Regeln beherrscht werden, die sie daran hindern, Menschen ein Leid zuzufügen (wohingegen vor den Tagen Asimovs Roboter beständig Amok liefen), ist seine von der »Foundation«, der »Stiftung«, beherrschte Galaxis so konstruiert, daß sie gemäß der Programmierung von Hari Seldons Psychohistorik in geordneter Weise funktioniert.

Das Geld auf Terminus besteht – wie das bei Geld im allgemeinen der Fall ist – aus einem seltenen Metall: Stahl. Es ist für Asimovs Methode charakteristisch, daß die Stiftung, die in den nächsten zehntausend Jahren eine so mächtige Rolle in der Geschichte der Galaxis spielen soll, auf einer Welt angesiedelt ist, die praktisch ohne Metalle ist.

Die Macht in dieser Geschichte ist die einer intellektuellen Idee: daß die Saat der Renaissance auf Terminus gesät wird. Für die gewöhnlichen Leute wird diese Idee fast zu einem Credo im religiösen Sinne – eine Entwicklung, gegen die die Wissenschaftler von Terminus dauernd ankämpfen müssen.

Ich glaube, es gibt Anzeichen, daß Asimov vorhatte, aus Terminus so etwas wie ein Utopia zu machen, eine Welt ohne Metalle, ohne kriegerische Absichten und ohne Psychologen. Mit all diesen interessanten Intentionen bewaffnet, darf man ihm verzeihen, daß er den einen Politiker, Lord Dorwin, zu einer Parodie eines englischen Staatsmannes aus dem achtzehnten Jahrhundert gemacht hat, komplett mit affektierter Sprechweise und Schnupftabakdose (»mit Ornamenten überladen und obendrein schlecht gearbeitet«, stellt Hardin fest).

So ist die Stiftung etwas ganz Seltenes, ein Versuch nämlich, ein intellektuelles galaktisches Imperium zu schaffen.

Poul Andersons Imperium nimmt seinen Anfang in einer ganz anderen Richtung. Bei seiner Geschichte handelt es sich durch und durch um ein Abenteuer vor einem Hintergrund der Sterne und einer Galaxis, in der halbmenschliche Wilde herumschwärmen. Innerhalb der ersten drei Abschnitte erleben wir mit, wie ein großer grauer Barbar »sich auf den Hacken herumdreht, taumelt, aufschreit, sich mit allen vier Händen den Leib hält und dann langsam in die Knie bricht«, um zu sterben.

Dieser Appetit nach verrückten oder fremdartig geformten Aliens ist natürlich bedauernswert wenig feierlich und das genaue Gegenteil von Asimovs eher karger Bühnenarchitektur. Eine Zeitlang war es in Science Fiction-Kreisen Mode, solch phantasievolles Säbelrasseln gering zu schätzen. Das Gefühl herrschte vor, daß dies der allgemeinen Akzeptanz hinderlich sei.

Ein Argument, das man keineswegs einfach abtun sollte; mich selbst hat es teilweise überzeugt. Aber die andere Seite des Arguments wiegt viel schwerer. Geschichten wie *Der Sternenplünderer (The Star Plunderer)* sind das lebendige Symbol dessen, was Science Fiction einmal war, ehe sie gesellschaftsfähig wurde. Auch das muß gezeigt werden. (Wir werden's überstehen.) Als die Science Fiction-Autoren dann anfingen, sich ernst zu nehmen, neigten sie dazu, ihre Phantasie preiszugeben und sich statt dessen auf Vorhersagen von Denkfabriken oder Extrapolationen aus wissenschaftlichen Journalen und Bevölkerungsstatistiken zu verlassen, weil sie glaubten, den Futurologen Konkurrenz machen zu müssen; die Folge war ein Abstieg ins Graue, ein Verlust der ursprünglichen, treibenden Macht, ein Buhlen um literarische Anerkennung, das meist als kläglich gescheiterter Bauchaufschwung in stilistischer Verkrampfung endete.

Literarisches werden wir in dieser Anthologie oder ihren Nachfolgebänden nur selten finden, aber wir werden eine Entwicklung zum Besseren dokumentieren. Poul Anderson, allen voran, zeigt uns ein wildes Imperium, einen draufgängerischen Erdenmenschen, »die Verkörperung der ganzen Menschheit«. Diese Art von Geschichte ist es, in der der jugendliche Anderson sein Bestes leistet, eine Geschichte, die voll emotionalem Drive von ihm erzählt wurde. In einem späteren Band dieser Serie haben wir dafür einen ganz anderen Poul Anderson – nur so zum Spaß. Wir werden später die Diskussion über die buntscheckigen galaktischen Imperien fortsetzen und über das, was sie vielleicht repräsentieren – oder auch nicht. Unterdessen wollen wir jenes stinkende Gorzuni-Sklavenschiff betreten ...

Imperien beginnen auf seltsame Weise . . . eines wuchs aus einer Meuterei im Rumpf eines Gorzuni-Sklavenschiffs.

POUL ANDERSON

Der Sternenplünderer

Nachfolgend finden Sie einen zwar modernisierten, aber sonst authentischen Teil jenes eigenartigen Buches, das die Archäologen in den Ruinen von Sol City, Terra, gefunden haben – die Memoiren von Konteradmiral John Henry Reeves, Kaiserlich Solare Marine. Offen bleibt dabei, ob es sich nun bei dem anscheinend nie veröffentlichten oder für die Veröffentlichung bestimmten Manuskript um authentische Aufzeichnungen eines Mannes mit Geschmack für dramatisierte Berichterstattung oder um pure Fiktion handelt; außer Zweifel steht jedoch, daß es in der Frühperiode des ersten Imperiums geschrieben wurde, und uns auf die Weise ein bemerkenswertes Bild jener Zeit und besonders des Gründers liefert. Die tatsächlichen Ereignisse mögen sich abgespielt haben, wie Reeves sie schildert oder auch nicht, es gibt jedoch keinen Zweifel, daß sie jedenfalls sehr ähnlich waren. Lesen Sie dieses fünfte Kapitel der Memoiren wie einen historischen Roman, wenn Sie wollen, erinnern Sie sich aber, daß der Verfasser selbst in jenem großen, tragischen, doch zugleich auch triumphalen Zeitalter lebte und daß er sich mit seinem Buch sicherlich redlich bemüht hat, ein wahres Bild von dem Manne zu liefern, der schon zu Lebzeiten zur Legende geworden war.

Donvar Ayeghen, Präsident der Galaktischen Archäologischen Gesellschaft

I

Sie rückten jetzt näher. Ihr Anführer war ein grauer Hüne, der mein Visier füllte, und jedesmal, wenn ich über die Wand sah, zwang mich ein Kugelhagel sofort wieder den Kopf einziehen. Ein Teil der Wand, der ein Stück höher ragte als der Rest, wie ein einzelner Zahn im Kiefer eines Toten, bot mir etwas Deckung, aber ich mußte schnell abdrücken und mich ebenso schnell wieder ducken. Hin und wieder platzte eines ihrer Geschoße an meinem Helm, und dann drang mir das widerlich süße Gas in die Nase. Mir war ganz übel davon.

Kathryn lud gerade ihren Karabiner nach, ich hörte sie fluchen, als der Ladestreifen sich in der verrosteten alten Waffe verklemmte. Ich hätte ihr meinen Karabiner gegeben, bloß daß der auch nicht viel besser war. Es macht keinen Spaß, mit Waffen zu kämpfen, bei denen man jeden Augenblick befürchten muß, daß sie einem vor der Nase explodieren. Aber sonst hatten wir nichts – das war alles, was die arme, verwüstete Terra noch hatte, nachdem die Baldics den Planeten zweimal in fünfzehn Jahren geplündert hatten.

Ich gab einen Feuerstoß ab und sah, wie der große graue Barbar sich auf den Hacken umdrehte, taumelte und aufschrie, sich mit allen vier Händen den Leib hielt und dann langsam in die Knie brach.

Die Kreaturen hinter ihm heulten auf, aber er stieß nur einen kehligen Fluch aus. Es würde ziemlich lange dauern, bis er tot war. Ich hatte ihm ein Loch durch den Leib geblasen, aber diese Gorzuni waren zähe Burschen.

Die Geschosse pfiffen um uns, als ich mich wieder hinter die Mauer duckte und mich in das lange Gras preßte, das rings um die zerbröckelnden Fragmente des Hauses gewachsen war. Ein frischer Wind wehte und ließ das Gras und die großen, vom Krieg mit Narben versehenen Bäume rascheln, trieb die Wolken über den sonnigen Sommerhimmel, so daß die Gaskonzentration nie stark genug war, um uns zu betäuben. Aber Jonsson und Hokusai lagen wie die Toten an der zerbrochenen Mauer. Sie hatten direkte Treffer abbekommen und würden stundenlang schlafen.

Kathryn kniete neben mir. Ihr zerfetzter, schmutziger Overall wirkte an ihrer hochgewachsenen, jungen Gestalt wie die Robe einer Königin. Ein paar dunkle Locken lugten aus ihrem Helm heraus, und der Wind spielte mit ihnen. »Wenn wir die wild genug machen«, sagte sie, »dann rufen die ihre Artillerie oder ein Boot, das uns fertigmacht.«

»Kann sein«, brummte ich. »Aber normalerweise sind die ziemlich wild auf Sklaven.«

»John . . .« Sie kauerte einen Augenblick lang da, und das leichte Stirnrunzeln, das ich so gut kannte, umwölkte ihre blauen Augen. Ich sah zu, wie die Schatten der Blätter über ihr schmales, braunes Gesicht spielten. Sie hatte einen Schmierflecken auf ihrer Stupsnase, der ihre Sommersprossen verdeckte. Trotzdem sah sie gut aus, wirklich gut, sie und die grüne Terra und das Leben und die Freiheit und all das, was ich nie wieder besitzen würde!

»John«, sagte sie am Ende, »vielleicht sollten wir ihnen die Mühe sparen. Vielleicht sollten wir selbst Schluß machen.«

»Kein übler Gedanke«, murmelte ich und riskierte einen verstohlenen Blick über die Mauer.

Die Gorzuni waren jetzt vorsichtiger und krochen durch die Gärten auf die Trümmer des Vorbaus zu, den wir verteidigten. Hinter ihnen lag das Hauptgebäude, das letzte Widerstandszentrum unserer Einheit, zerschlagen und brennend. Gorzuni umschwärmten es, zerrten die überlebenden Menschen heraus und plünderten, was zu plündern war. Ich war versucht, auf sie zu schießen, mußte mir aber die Munition für die Gruppe sparen, die uns jetzt näher rückte.

»Besonders erpicht bin ich nicht darauf, als Sklave eines barbarischen Außenweltlers zu leben«, sagte ich. »Obwohl Menschen mit technischer Ausbildung sehr gefragt sind und meistens recht gut behandelt werden. Aber für eine Frau . . .« Ich sprach den Satz nicht zu Ende, konnte es einfach nicht.

»Ich könnte mich ja auf meine technische Ausbildung verlassen«, sagte sie. »Oder auch nicht. Ist es das Risiko wert, John, Liebster?«

Wir waren natürlich beide gegen Selbstmord konditioniert. Jeder in der auseinandergebrochenen Marine des Commonwealth war das, mit Ausnahme von Geheimnisträgern. Die Idee dahinter war, daß wir unser Leben oder unsere Freiheit so teuer wie möglich verkaufen sollten, indem wir bis zum letzten Atemzug kämpften. Das war eine dumme Politik, typisch für die tölpelhafte Führung, die mitgeholfen hatte, unsere Kriege zu verlieren. Ein menschlicher Sklave, der wissenschaftlich ausgebildet war und sich mit Maschinen auskannte, war für die Barbaren mehr wert als die paar zusätzliche Soldaten, die er töten konnte, indem er so lange am Leben blieb, bis man ihn gefangennahm.

Aber eine Person mit starkem Willen konnte diese eingepflanzte Hemmung brechen. Ich sah Kathryn einen Augenblick lang inmitten der zerbröckelnden Ruinen des Hauses an, und ihr Blick begegnete dem meinen und hielt ihn fest – tief, blau und von Tränen verschleiert, die hinter ihren langen, rauchigen Lidern perlten.

»Nun . . .«, sagte ich hilflos, und dann küßte ich sie.

Das war unser großer Fehler. Die Gorzuni hatten sich näher herangearbeitet, als mir klar war, und in der Schwerkraft Terras – die nur halb so stark wie die ihres Heimatplaneten war, konnten sie sich so schnell wie ein Komet auf dem Weg zur Sonne bewegen. Einer von ihnen sprang brüllend über die Mauer hinter mir, landete mit einem Krachen, das den Boden erzittern ließ, auf seinen klauenbewehrten Füßen. Sein wildes ›Hu-u-u-u!‹ war kaum seinem Mund entflohen, als ich ihm schon das gehörnte Gesicht von den Schultern geblasen hatte. Aber hinter ihm schwärmte eine graue Masse heran, und Kathryn schrie und feuerte mitten in sie hinein.

Etwas stach mich, ein greller, scharfer Schmerz, und dann explodierte eine Bombe in meinem Kopf, und ich stürzte in die Schwärze. Das letzte, was ich sah, war Kathryn, die die vier Arme eines Soldaten umfangen hielten. Er war eineinhalbmal so groß wie sie und hatte den Lauf ihres Karabiners verbogen, als er ihn ihren Händen entwand, aber sie machte ihm tüchtig zu schaffen. Ein verdammt guter Kampf. Und dann sah ich eine ganze Weile gar nichts mehr.

Sie trieben uns nach Einbruch der Dunkelheit auf einen Flottentender. Es war wie die Szene aus eine Hölle der Antike – Nacht über und unter uns, erhellt von den Feuern brennender Häuser draußen in der Dunkelheit, und lange, lange Reihen von Menschen, die an Bord taumelten, angetrieben von den Fußtritten und Schlägen der Wächter.

Ein Haus loderte nicht weit von uns entfernt, und das hochzüngelnde rote und gelbe Feuer spiegelte sich im Metall der Schiffswand, hob hier und dort ein ausgemergeltes Gesicht aus den Schatten hervor, glitzerte in menschlichen Tränen und in stählernen, unmenschlichen Augen. Immer wieder senkten sich Schatten herunter und verbargen uns voreinander, wenn nicht ein Windstoß das Feuer anfachte. Dann spürten wir die Hitze und wandten die Augen ab, um das Leid des Nächsten nicht zu sehen.

Kathryn war in der Reihe nicht zu erkennen. Ich stapfte dahin, die Hände hinter dem Rücken zusammengebunden, hin und wieder von einem Gewehrkolben angestoßen, wenn eine der hochaufragenden Gestalten ungeduldig wurde. Ich konnte das Schluchzen von Frauen und das Stöhnen von Männern in der Finsternis hören, vor mir, hinter mir, neben mir, während sie uns in das Boot drängten.

»Jimmy. Wo bist du, Jimmy!«

»Die haben ihn umgebracht. Er liegt tot in den Ruinen.«

»O Gott, was haben wir getan, daß uns dies heimsucht?«

»Mein Baby. Hat jemand mein Baby gesehen? Sie haben es mir weggenommen . . .«

»Hilfe, Hilfe, Hilfe, Hilfe, Hilfe . . .!«

Ein gemurmelter bitterer Fluch, ein Schrei, ein Jammern, ein keuchendes Atmen und immer wieder das langsame Schlurfen der Füße und das Schluchzen der Frauen und der Kinder. Wir waren die Besiegten. Sie hatten unsere Armeen zerschlagen. Sie hatten unsere Städte verwüstet. Sie hatten uns durch die Straßen, die Hügel und die großen Tiefen des Weltalls getrieben, und wir konnten nur murren und nach ihnen schnappen und hoffen, daß die Überreste unserer Marine vielleicht doch noch ein Wunder vollbrachten. Aber Wunder sind schwer zu erzielen.

Bis jetzt hatte die Baldic-Liga nur die äußersten Planeten besetzt. Die inneren Welten standen dem Namen nach unter der Herrschaft des Commonwealth, aber die Regierung versteckte sich oder war nicht existent. Nur Überreste der Marine kämpften noch weiter, und dies auf eigene Faust, ohne Plan und ohne Hoffnung, und Terra war zum Jagdgrund von Plünderern und Sklavenjägern geworden. Nicht mehr lange, so dachte ich verbittert, und die Außenweltler würden einziehen, den letzten Widerstand brechen und das ganze Sonnensystem ihrem Imperium einverleiben. Dann würden die einzigen freien Menschen die extrasolaren Kolonisten sein, und eine ganze Menge von ihnen waren selbst Barbaren und hatten sich der Baldic-Liga gegen die Mutterwelt angeschlossen. Die Gefangenen wurden an Bord des Tenders in Zellen gedrängt, wurden zusammengepfercht, bis kaum Platz genug zum Stehen war. Kathryn war nicht in meiner Zelle. Ich versank in stumpfe Apathie.

Als alle an Bord waren, zitterten die Deckplatten unter unseren Füßen, und die Beschleunigung drückte uns brutal gegeneinander. Einige Menschen starben dabei. Ich hatte alle Hände voll damit zu tun, das Gedränge um mich herum daran zu hindern, mir die Rippen einzudrücken. Aber den Gorzuni war das natürlich egal. Dort, wo wir herkamen, gab es noch mehr.

Das Boot war ein veraltetes, vom Rost zerfressenes Wrack, die Hälfte seiner archaischen Anlagen war zerbrochen und unbrauchbar. Techniker waren sie nicht, diese Baldics. Sie waren Barbaren, die zu früh gelernt hatte, Raumschiffe und Feuerwaffen zu bauen und zu bedienen, und ein Dutzend ihrer Planeten, die ein militärisches Genie geeint hatte, war ausgezogen, um das zivilisierte Commonwealth zu überrennen.

Aber das meiste, was sie wußten, hatten sie sich durch bloße

Übung angeeignet. Ich kannte so manchen Baldic-›Ingenieur‹, der seinem Konverter Opfergaben darbrachte, so manchen General, der größere Entscheidungen vom Rat seines Bordastrologen abhängig machte. Deshalb waren technisch ausgebildete Menschen als Sklaven gefragt. Mit meinem Diplom als Nuklearingenieur durfte ich auf einen halbwegs erträglichen Arbeitsplatz hoffen, obwohl natürlich immer die Möglichkeit bestand, daß man mich an jemanden verkaufte, der mich auspeitschen oder blenden würde oder mich in irgendein Bergwerk schickte.

Ungeschulte Menschen hatten keine große Chance. Sie waren einfach Maschinen aus Fleisch und Blut für Arbeit, für die die Barbaren keine Automaten hatten. Sie überlebten selten mehr als zehn Jahre der Sklaverei. Frauen galten als Luxusware und wurden um teures Geld an die menschlichen Renegaten und Rebellen verkauft. Ich stöhnte bei dem Gedanken und versuchte, mir verzweifelt einzureden, daß Kathryns technisches Wissen dafür sorgen würde, daß ein Nichtmensch sie behielt.

Wir wurden zu einem großen Schiff gebracht, das oberhalb der Atmosphäre im Orbit wartete. Die Luftschleusen wurden angekoppelt, also bekam ich das Schiff nicht von außen zu sehen, aber sobald wir es betreten hatten, sah ich, daß es sich um einen großen interstellaren Transporter der Thurnogan-Klasse handelte, wie sie vorwiegend für den Transport von Truppen nach Sol und Sklaven zurück eingesetzt wurden, der aber jetzt kriegsmäßig ausgerüstet war. Ein formidables Schlachtschiff, wenn man es richtig bediente.

Es gab Wachen, die sich auf ihre Karabiner stützten, alles Angehörige der Gorzunirasse. Sie trugen ihre Harnische, wie es ihnen in den Sinn kam, und es gab keinerlei Formalitäten zwischen Offizieren und unteren Chargen. Die schlampige Disziplin der Barbarenarmee hatte unser Drill und Pomp gewöhntes Militär verblendet und uns deren rücksichtslosen Mut und ihre wilde Schießkunst unterschätzen lassen. Jetzt war die glanzvolle Marine des Commonwealth nur noch eine ausgemergelte Handvoll gejagter, verzweifelter Männer, die von den einst verachteten Außenweltlern durch die Galaxis getrieben wurden.

Das Schiff war allerdings schlimmer als die meisten. Ich sah Rost und Fäulnis an den unlackierten Platten. Die Fluoros leuchteten nur noch schwach und waren an manchen Stellen ausgebrannt. Die Gravitationsgeneratoren pulsierten, daß einem davon übel wurde. Die Kabinen waren schon lange ausgeräumt und inzwischen neu mit Fellen, gestohlenen Haushaltsgütern, Kochtöpfen und Waffen dekoriert worden. Die Gorzuni waren genauso drekkig und ungepflegt wie ihr Schiff. Sie lungerten herum, nagten an Fleischfetzen, tranken, würfelten und blickten dann und wann auf, um uns anzugrinsen.

Ein Barbar, der etwas Anglic sprach, brüllte uns an, wir sollten uns ausziehen. Wer auch nur im geringsten zögerte, wurde verprügelt, daß ihm die Zähne klapperten. Wir warfen die Kleider auf einen Haufen und bewegten uns langsam an einem Tisch vorbei nach vorne, wo ein betrunkener Gorzuni und ein sehr nüchterner Mensch saßen. Ärztliche Untersuchung.

Der Barbaren-›Arzt‹ musterte uns nur höchst beiläufig. Die meisten winkte er durch.

Hie und da sah er sich einen etwas näher aus seinen Triefaugen an.

»Krank«, grunzte er dann. »Übersteht die Reise nie lebend. Töten!«

Der Betreffende – Mann, Frau oder Kind – schrie auf, wenn er sein Schwert nahm und ihm mit einem einzigen fachmännischen Hieb den Kopf von den Schultern trennte.

Der Mensch saß schräg auf dem Schreibtisch, ließ ein Bein baumeln und pfiff leise vor sich hin. Hie und da warf ihm der Gorzuni-Arzt einen Blick zu, wenn er an irgendeinem Sklaven zweifelte. Der Mensch sah dann genauer hin, gewöhnlich schob er sie weiter. Ein oder zwei überantwortete er dem Schwert.

Als ich vorbeiging, konnte ich ihn deutlicher sehen. Er war von unterdurchschnittlicher Größe, kräftig gebaut, dunkel, mit einem breiten Gesicht und einer Adlernase, aber seine Augen waren groß und blaugrau, die kältesten Augen, die ich je an einem Menschen gesehen habe. Er trug ein lose anliegendes, farbenfrohes Hemd und ebensolche Hosen, die er wahrscheinlich aus irgendeiner terranischen Villa gestohlen hatte.

»Du dreckiger Bastard«, murmelte ich.

Er zuckte die Achseln und wies auf den eisernen Sklavenkragen, der um seinen Hals geschweißt war. »Ich arbeite auch nur hier, Lieutenant«, sagte er mit milder Stimme. Er mußte meine Uniform bemerkt haben, ehe ich sie abgelegt hatte.

Als wir den Schreibtisch passiert hatten, besprühte uns ein Gorzuni mit einem Schlauch, wusch Blut und Dreck ab, dann trieb man uns wie Vieh durch die langen Korridore und über hölzerne Leitern (die Fallschächte und Aufzüge funktionierten anscheinend nicht) in die Zellen. Hier trennten sie Männer und Frauen. Wir gingen in nebeneinanderliegende Abteile, riesige, hallende Kavernen aus Metall mit Pritschen an den Wänden und Eßtrögen und Sanitäranlagen als einzigem Mobiliar.

Eine dicke Dreckschicht bedeckte den korrodierten Boden, und die Luft war kalt und stank nach Metall. Nachdem die Gittertür klirrend hinter uns ins Schloß gefallen war, schwärmten wohl fünfhundert Männer hilflos in dem Raum herum.

Zwischen den zwei großen Zellen waren Fenster. Wir rannten auf sie zu, schrien, schubsten und fauchten einander an, um die erste Chance wahrzunehmen, nach unseren Frauen zu sehen.

Ich war groß und stark. Also arbeitete ich mich durch den Mob zum nächsten Fenster durch. Ein Mann war bereits dort, von den schwitzenden Körpern dahinter gegen die Wand gepreßt. Er griff durch die Stangen zu den dreihundert Frauen, die auf der anderen Seite schwärmten.

»Agnes!« kreischte er. »Agnes, bist du da? Lebst du?«

Ich packte ihn an der Schulter und zog ihn weg. Er drehte sich fluchend herum, und ich gab ihm eins über den Mund und ließ ihn nach hinten taumeln. »Kathryn!« heulte ich.

Das Echo dröhnte in den hohlen Metallkavernen, Schreie, Gebete, Flüche und Schluchzen wurden vom Echo zurückgeworfen, bis uns die Köpfe brummten. »Kathryn! Kathryn!«

Irgendwie fand sie mich. Sie kam zu mir, und der Kuß durch die Eisenstangen ließ das Schiff und die Sklaverei und die ganze

Welt für diesen einen Augenblick verblassen. »Oh, John, John, John. Du lebst, du bist hier, oh, mein Geliebter . . .«

Und dann sah sie sich in der metallglänzenden Düsternis um und sagte schnell und eindringlich: »Wenn diese Leute sich nicht beruhigen, gibt es hier einen Krawall. Sieh zu, was du mit den Männern machen kannst! Ich kümmere mich um die Frauen.«

Das war typisch für sie. Sie war die tapferste Seele, die je unter dem Himmel Terras einhergegangen war, und sie besaß einen Verstand, der sofort erkannte, was geschehen mußte. Ich fragte mich, welchen Sinn es eigentlich hatte, der Panik Einhalt zu gebieten. Diejenigen, die getötet würden, waren schließlich wohl besser dran. Aber Kathryn gab nie auf, also konnte ich es auch nicht.

Wir drehten uns um und brüllten und schlugen um uns und argumentierten, und allmählich kamen andere uns zu Hilfe, bis im Bauch des Sklavenschiffs Stille herrschte, die nur von vielfältigem Schluchzen unterbrochen wurde. Dann organisierten wir den Zugang zu den Fenstern. Kathryn und ich wandten uns ab, wenn Familien sich wiederfanden oder wenn Leute niemanden fanden. Es ziemt sich nicht, nackte Seelen zu beobachten.

Die Motoren begannen zu dröhnen. Wir nahmen Fahrt auf, Fahrt nach draußen, zu den Eisbergen von Gorzun. Nie wieder sollten wir blauen Himmel und grünes Gras sehen, nie wieder den sauberen, salzigen Geruch des Ozeans und das Brausen des Windes in den hohen Bäumen wahrnehmen. Jetzt waren wir Sklaven, und uns blieb nichts als das Warten.

II

An Bord des Schiffes gab es keine Tageszeiten. Die wenigen schwachen Fluoros sorgten in unserem Laderaum stets für das gleiche unruhige Dämmerlicht. Die Gorzunis kontrollierten uns in unregelmäßigen Abständen, immer wenn es ihnen in den Sinn kam, und wir hörten nur das Pochen der Maschinen und das asthmatische Seufzen der Ventilatoren. Die doppelte Schwerkraft sorgte dafür, daß die meisten von uns zu müde waren, auch nur zu reden. Aber ich glaube, daß wir Terra etwa achtundvierzig Stunden hinter uns gelassen hatten, als das Schiff in den Sekundärflug überging und das Sonnensystem verließ und der Mann mit dem eisernen Kragen zu uns herunterkam.

Er betrat unseren Laderaum mit einer Eskorte bewaffneter, vorsichtiger Gorzuni, die ihre Schußwaffen bereit hielten. Wir blickten mit stumpfen Augen zu der kleinen, untersetzten Gestalt auf. Seine Stimme verlor sich fast in der dröhnenden Weite der Halle.

»Ich bin hier, um euch zu klassifizieren. Kommt einer nach dem anderen her und sagt mir euren Namen und eure Ausbildung, wenn ihr eine habt. Ich warne euch – wenn einer behauptet, eine Ausbildung zu besitzen, die er nicht hat, dann ist die Strafe dafür Folter, jede Behauptung wird überprüft.«

Wir schlurften an ihm vorbei. Ein Gorzuni, der betrunkene Arzt, hatte eine Tätowiernadel und kritzelte jedem Mann eine Nummer auf die Handfläche. Die Nummer wurde zusammen mit dem Namen, dem Alter und dem Beruf notiert. Diejenigen, die keine technischen Fähigkeiten besaßen, weitaus die Mehrzahl, wurden unsanft zurückgeschoben. Die etwa fünfzig, die behaupteten, wertvolle Erziehung genossen zu haben, wurden in eine Ecke gewiesen.

Die Nadel brannte auf meiner Hand, und ich sog die Luft zwischen den Zähnen ein. Die unpersönliche Stimme klang schwach in meinen Ohren: »Name?«

»John Henry Reeves, Alter fünfundzwanzig, Lieutenant in der Commonwealth-Marine und vor den Kriegen Nuklearingenieur.« Ich rasselte es herunter, meine Kehle brannte, und ich hatte einen bitteren Geschmack im Mund – den Geschmack der Niederlage.

»Hm.« Ich bemerkte, daß die fahlen, eisigen Augen mich mit einer Art Hochachtung betrachteten. Plötzlich verzogen sich die dicken Lippen des Mannes zu einem Lächeln. Es war ein seltsam bezauberndes Lächeln, es ließ sein ganzes dunkles Gesicht plötzlich aufstrahlen. »O ja, ich erinnere mich an Sie, Lieutenant Reeves. Sie haben mich, glaube ich, einen dreckigen Bastard genannt.«

»Das habe ich«, fauchte ich. Meine Hand brannte. Ich war ungewaschen und nackt und krank von meiner eigenen Hilflosigkeit.

»Vielleicht haben Sie sogar recht«, nickte er. »Aber ich brauche dringend ein paar Assistenten. Dieses Schiff ist ein Wrack. Möglicherweise schaffen wir es gar nicht bis Gorzun, wenn nicht jemand die Maschinen ein wenig aufpäppelt. Haben Sie Lust, mir zu helfen?«

»Nein«, sagte ich.

»Seien Sie vernünftig! Wenn Sie ablehnen, werden Sie bloß in einer Spezialzelle eingeschlossen, die wir für ausgebildete Sklaven bereithalten. Die Reise wird lang sein, und die Monotonie wird Ihren Geist noch eher brechen als ein paar Auspeitschungen. Als mein Assistent bekommen Sie ein ordentliches Quartier und eine Chance, sich im Schiff zu bewegen und Ihre Hände zu gebrauchen.«

Ich stand da und überlegte. »Sagten Sie nicht, Sie brauchen zwei Assistenten?« fragte ich.

»Ja. Zwei könnten aus dieser Ruine von Schiff etwas machen.«

»Ich will der eine sein«, sagte ich, »wenn ich den anderen benennen kann.«

Er runzelte die Stirn. »Jetzt werden Sie ja für die Hosen, die Sie gar nicht haben, ziemlich groß, nicht wahr?«

»Das können Sie annehmen oder bleibenlassen«, meinte ich und zuckte die Achseln. »Aber diese Person ist als Techniker verdammt gut.«

»Nun, benennen Sie ihn mir, dann will ich sehen.«

»Es ist eine Sie. Meine Verlobte, Kathryn O'Donnell.«

»Nein.« Er schüttelte den dunkel gelockten Kopf. »Keine Frau.«

»Dann auch kein Mann.« Ich grinste ihn humorlos an.

Zorn flammte in seinen Augen auf. »Ich kann mir nicht eine Frau wie einen Mühlstein um den Hals hängen.«

»Die wird für sich selbst sorgen, und noch mehr als das. Sie war Unteroffizier auf meinem eigenen Schiff und hat bis zum Ende gemeinsam mit mir gekämpft.«

Seine Wutaufwallung war wie weggeblasen, hinterließ nicht einmal ein Wölkchen auf seiner Stirn. Das starke, häßliche olivhäutige Gesicht, das zu mir aufblickte, war ohne jeden Ausdruck. Genau wie seine Stimme. »Warum haben Sie das nicht gleich gesagt? Also gut, Lieutenant. Aber die Götter mögen Ihnen helfen, wenn Sie beide das nicht halten, was Sie jetzt versprechen!«

Es war schwer zu glauben, daß Kleider einen solchen Unterschied machten – wenn man gerade noch ein eingepferchtes, nacktes Tier gewesen ist. Und eine Mahlzeit, bestehend aus Eintopf und Kaffee, selbst noch so schlecht zubereitet, in der Kombüse zusammengekratzt, nachdem die Krieger ihr Mahl beendet hatten, gaben den Adern und Leibern neue Kraft, die sich daran gewöhnt hatten, Abfälle aus einem Schweinetrog zu sich zu grapschen.

Ich begriff, daß der Mann in dem eisernen Kragen recht hatte. Nicht viele Menschen hätten auf der langen, herzzerreißenden Reise nach Gorzun in der Seele frei bleiben können. Man brauchte nur die ewige Müdigkeit infolge des doppelten Gewichts, die eiskalte Finsternis unseres Bestimmungsplaneten, die Ferne von zu Hause, Hoffnungslosigkeit und vielleicht die Peitsche und das Brenneisen hinzuzufügen, und aus Menschen wurden gezähmte Tiere, die gelehrig ihren Herrn und Meistern die Stiefel leckten.

»Wie lange sind Sie schon Sklave?« fragte ich unseren neuen Boß.

Er schritt so arrogant neben mir her, als gehörte das Schiff ihm. Er war kein großer Mann, selbst Kathryn überragte ihn um vielleicht fünf Zentimeter, und mir reichte sein Kopf mit dem runden Schädel kaum bis zur Schulter. Aber er hatte dicke, muskulöse Arme und eine Brust wie ein Gorilla. Die Schwerkraft schien ihm überhaupt nichts auszumachen.

»Es werden bald vier Jahre«, erwiderte er kurz angebunden.

»Mein Name ist übrigens Manuel Argos, und wir können ebensogut gleich anfangen, uns mit dem Vornamen anzureden.«

Zwei Gorzuni kamen den Korridor heruntergestapft und klirrten mit Metall. Wir traten beiseite, um die Riesen durchzulassen, selbstverständlich taten wir das, aber an Manuels Haltung war nichts Unterwürfiges. Seine seltsamen Augen folgten ihnen nachdenklich.

Wir hatten eine Kabine in der Nähe des Hecks, eine winzige Kammer mit vier Pritschen, kahl und abweisend, aber die frisch geschrubbte Sauberkeit, die dort herrschte, war nach dem Schmutz und dem Dreck der Zelle wie ein Hauch von zu Hause. Wortlos nahm Manuel eine der schmierigen Decken und hängte sie als eine Art Vorhang über ein Bett. »Mehr Abgeschiedenheit kann ich ihnen nicht bieten, Kathryn«, sagte er.

»Danke«, flüsterte sie.

Er setzte sich auf seine Pritsche und blickte zu uns auf. Ich ragte über ihm auf, ein blonder Riese, verglichen mit seinem gedrungenen Körperbau. Meine Familie war vor den Kriegen alt, kultiviert und wohlhabend gewesen, er hingegen war namenloser Abschaum aus hundert Slums und Raumhäfen, aber es gab von Anfang an nie Zweifel daran, wer der Anführer war.

»Hier ist meine Geschichte«, sagte er in seiner kurz angebundenen Art. »Ich hatte zwar keine formelle Ausbildung, wußte aber in den Ingenieurwissenschaften genügend Bescheid, um bei einem einigermaßen anständigen Herrn unterzukommen, in dessen Fabriken ich mehr lernte. Vor zwei Jahren verkaufte er mich an den Kapitän dieses Schiffs. Ich sorgte dafür, daß der sogenannte Chefingenieur wegkam, den die damals hatten. Es war nicht schwierig, Streit zwischen ihm und einem eifersüchtigen Untergebenen zu schüren. Aber sein Nachfolger ist ein betrunkener Landstreicher, dessen Vorfahren noch im Dschungel lebten.

Praktisch betrachtet, bin ich der Ingenieur dieses Schiffs. Außerdem habe ich es fertiggebracht, meinen Herrn, Captain Venjain, mit Marihuana vertraut zu machen. Das wirkt auf einen Gorzuni noch stärker als auf einen Menschen, und er ist inzwischen hoffnungslos süchtig. Das ist zum Teil für den Zustand dieses Schiffes und die lasche Disziplin der Mannschaft verantwortlich. Schlechte Führung, schlechte Organisation. Eine Binsenwahrheit.«

Ich starrte ihn an und spürte, wie es mir plötzlich eisig über den Rücken lief. Aber Kathryn war es, die die Frage flüsterte: »Warum?«

»Ich warte auf meine Chance«, fuhr er uns an. »Ich bin derjenige, der aus den Maschinen und den Geräten Schrott gemacht hat. Ich sage denen, das Zeug sei alt und schlecht gebaut. Die glauben, nur meine dauernde Arbeit hielte das Schiff überhaupt zusammen, aber wenn ich wollte, würde in einer Woche wieder alles summen. Viel länger kann ich nicht mehr warten. Über kurz oder lang wird sich jemand die Maschinen anschauen und denen sagen, daß alles nur Mache ist. So habe ich die ganze Zeit auf zwei Assistenten mit technischer Ausbildung und dem Willen zum Kampf gewartet. Ich hoffe, Sie beide passen in meine Pläne. Wenn nicht . . .« – er zuckte die Achseln. »Nur zu, verraten Sie mich. Das macht Sie auch nicht frei. Aber wenn Sie Ihr Leben riskieren wollen – ein Leben, das auf Gorzun weder sehr lang noch besonders angenehm sein wird, dann können Sie mir helfen, dieses Schiff zu übernehmen!«

Einen Augenblick lang stand ich da und sah ihn an. Es war unheimlich, wie er uns mit einem Blick und ein paar Worten abgeschätzt hatte. Die Aussicht war beängstigend. Ich spürte den Schweiß auf meiner Stirn. Meine Hände waren kalt. Aber ich würde ihm folgen. Vor dem Angesicht Gottes – ich würde ihm folgen! Trotzdem – »Wir drei?« spottete ich. »Drei von uns gegen ein paar hundert Soldaten?«

»Es werden mehr auf unserer Seite stehen«, sagte er fast leidenschaftslos. Und nach kurzem Schweigen fuhr er fort: »Wir werden natürlich aufpassen müssen. Nur zwei oder drei von denen verstehen Anglic. Ich werde sie Ihnen zeigen. Und unsere Arbeit wird natürlich überwacht. Aber die uns beobachten, wissen nichts. Ich glaube, Sie haben genug Verstand, um sie zu täuschen.«

»Ich . . .« Kathryn stand da und suchte nach Worten. »Ich kann es nicht glauben«, sagte sie schließlich. »Ein Schiff der Marine in diesem Zustand . . .«

»Unter den alten Baldic-Eroberern standen die Dinge besser«, räumte Manuel ein. »Die Könige, die die Liga aus hundert Planeten zusammengeschmiedet hatten, die noch in der Barbarei steckten, Wilde, die es gelernt hatten, Raumschiffe zu bauen und Atomstrahler zu bedienen und sonst nicht viel mehr. Aber selbst sie hatten nur Erfolg, weil es keinen echten Widerstand gab. Die Gesellschaft des Commonwealth war durch und durch verfault. Von Bürgerkriegen zerrissen, seine Führung eine verknöcherte Bürokratie, seine militärischen Streitkräfte über tausend unruhige Planeten verstreut, sein Volk bereit, den Frieden lieber zu kaufen als für ihn zu kämpfen. Kein Wunder, daß die Liga sie alle verjagte!

Aber nach der ersten Plünderung Terras trennten sich die Barbaren. Die mächtigen ersten Herrscher waren tot. Und ihre Söhne stritten sich über ein Erbe, das sie nicht zu regieren verstanden. Die Liga ist jetzt in zwei feindliche Regionen und ich weiß nicht wie viele Splittergruppen geteilt. Ihre alte Organisation ist beim Teufel.

Sol hat sich nicht rechtzeitig zum Widerstand zusammengefunden. Dort herrschte immer noch die dekadente Regierung des Commonwealth. So hat es jetzt ein Zweig der Baldics geschafft, unsere Planeten zu erobern. Aber die Tatsache, daß sie sich damit zufriedengegeben haben, die inneren Welten zu überfallen und auszuplündern, anstatt sie zu besetzen und zu verwalten, zeigt, wie brüchig ihre eigene Gesellschaft inzwischen ist. Wenn wir die richtige Führung hätten, könnten wir sie immer noch aus dem Sonnensystem werfen und ihre eigenen Territorien überrennen. Nur daß die Führung nicht da ist.«

Es war eine harte, zornige Lektion, die Manuel uns hier erteilte, und ich zuckte zusammen und spürte, wie der Ärger in mir aufwallte. »Verdammt, wir haben gekämpft«, sagte ich.

»Ja, und man hat Sie zurückgetrieben und auseinandergejagt.« Seine breiten Lippen verzogen sich zu einer Grimasse. »Weil es keinen Anführer gab, der genügend von Strategie und Organisation verstand, und der seine Männer begeistern konnte.«

»Ich nehme an«, sagte ich sarkastisch, »daß Sie dieser Anführer sind.«

Seine Antwort war ausdruckslos und ruhig und absolut selbstbewußt. »Ja.«

In den darauffolgenden Tagen lernte ich mehr über Manuel Argos. Er hatte nie etwas dagegen einzuwenden, über sich zu sprechen.

Seine Herkunft war vermutlich der Mittelmeerraum mit einem Schuß anatolischen Blutes, mehr als einem Schuß Neger und Orientale, aber ich glaube, irgendwo muß es auch einen vergessenen nordischen Vorfahren gegeben haben, der aus jenen eisblauen Augen blickte. Eine Verkörperung der ganzen Menschheit, wie es heutzutage nicht ungewöhnlich war.

Seine Mutter war Tagelöhnerin auf der Venus gewesen. Sein Vater, auch wenn er das nicht genau wußte, war ein Weltraumprospektor gewesen, der jung gestorben war und sein Kind nie zu Gesicht bekommen hatte. Als er dreizehn Jahre alt war, bestieg er ein Schiff zum Sirius und hatte seitdem das Sonnensystem nie wieder betreten. Jetzt, mit vierzig, war er Raumfahrer, Bergmann, Dockarbeiter, Soldat in den Bürgerkriegen und gegen die Baldics, Politiker auf den Kolonialplaneten, Jäger, Maschinist gewesen und hatte eine ganze Anzahl sonstiger obskurer Berufe ausgeübt.

Irgendwann während dieser Laufbahn hatte er die Zeit gefunden, ein erstaunliches Quantum mannigfacher Lektüre in sich aufzunehmen. Trotzdem verließ er sich immer mehr auf seine eigenen Sinne, seine Vernunft und seine Intuition als auf Bücher. Vor vier Jahren war er bei einem Gorzuni-Überfall auf Alpha Centauri in Gefangenschaft geraten und hatte angefangen, diejenigen, die ihn gefangen hatten, ebenso kaltblütig zu studieren, wie er vorher seine eigene Rasse studiert hatte.

Ja, ich erfuhr eine ganze Menge über ihn, aber nichts über den Menschen, der er war. Ich glaube nicht, daß irgendein lebendes

Geschöpf das je geschafft hatte. Er war nicht der Mann, um einem anderen sein Herz zu öffnen. Er ging seiner Wege, eingehüllt in Einsamkeit und Träume, und das jeden Tag. Ob die Kälte seines Verhaltens in seine Seele eindrang und jene seltene Wärme nur eine Maske war, oder ob er in Wirklichkeit diese Gleichgültigkeit nur als Maske trug, wird wohl nie jemand erfahren. Und aus dieser Unsicherheit machte er eine Waffe; man wußte nie, was man von ihm erwarten mußte, und war in seiner Gegenwart daher stets angespannt, seinem Willen geöffnet.

»Ein seltsamer Mensch ist das«, sagte Kathryn einmal, als wir alleine waren. »Ich habe mich immer noch nicht entschieden, ob er verrückt ist oder ein Genie.«

»Vielleicht beides, Liebste«, meinte ich ein wenig gereizt. Ich mochte es nicht, wenn man mich beherrschte.

»Vielleicht. Aber was ist Vernunft schon?« Sie schauderte und kroch näher zu mir. »Ich will nicht darüber sprechen.«

Das Schiff raste weiter, bahnte sich seinen Weg durch die Pracht der Sterne, alleine in Lichtjahren der Leere, mit seiner Ladung aus Haß und Furcht und Elend und Träumen. Wir arbeiteten und warteten, und die Tage schleppten sich dahin.

Die müden, alten Motoren mußten repariert werden. Man mußte den graufelligen Riesen etwas vorspielen, die uns im flakkernden Dämmerlicht der Maschinenräume beobachteten. Wir spannten Drähte, schweißten und schraubten, erprobten, rissen ein und bauten wieder auf, schmachteten in der Hitze der berstenden Atome, die gegen die Strahlungsschilde anrollten, betäubt vom Pfeifen der Generatoren und dem Dröhnen der schlecht eingestellten Turbinen und dem tiefen, ungleichmäßigen Rumpeln der großen Konverter. Wir reparierten Manuels Sabotage, bis das Schiff beinahe glatt lief. Später würden wir unter irgendeinem Vorwand das Ganze wieder aus dem Takt bringen. »Der Teppich der Penelope«, sagte Manuel und ich staunte darüber, daß ein Weltraumvagabund eine solch klassische Anspielung machte.

»Worauf warten wir?« fragte ich ihn einmal. Der Lärm des Generators, den wir überholten, verschlang unsere Worte. »Wann beginnen wir unsere Meuterei?«

Er blickte zu mir auf. Das Licht seiner Reparaturlampe spiegelte sich in seinem schweißbedeckten, häßlichen, pockennarbigen Gesicht. »Zur richtigen Zeit«, sagte er kühl. »Jedenfalls dann, wenn der Kapitän seinen nächsten Drogentrip macht.«

Unterdessen hatten zwei der Sklaven auf eigene Faust eine Revolte versucht. Als ein unvorsichtiger Wachmann der Tür einer der Männerzellen zu nahe kam, griff einer von ihnen durch die Zellenstäbe, schnappte sich seine Waffe aus dem Halfter und schoß ihn nieder. Dann versuchte er, das Schloß seiner Gittertüre zu sprengen. Als die Gorzuni herunterkamen, um ihn mit Gas zu betäuben, kämpften seine Kameraden mit Fäusten und Zähnen gegen sie, bis die Rebellen bewußtlos waren. Beiden wurden in Gegenwart der anderen Gefangenen bei lebendigem Leibe die Haut abgezogen.

Kathryn konnte ihre Tränen nicht zurückhalten, als wir wieder in unserer Kabine waren. Sie verbarg ihr Gesicht an meiner Brust und weinte, bis ich dachte, sie würde nie mehr zu weinen aufhören. Ich hielt sie an mich gedrückt und murmelte ihr die nächstbesten dummen Worte ins Ohr, die mir in den Sinn kamen.

»Denen ist recht geschehen«, sagte Manuel. In seiner Stimme klang Verachtung. »Diese Narren. Diese blinden, dummen Narren! Zumindest hätten sie die Wache als Geisel festhalten können und versuchen zu verhandeln. Nein, sie mußten Helden sein. Sie mußten ihn niederschießen. Jetzt hat das Exempel, das man an ihnen statuiert hat, allen anderen Angst gemacht. Diese Männer haben es verdient, daß man ihnen die Haut abzog.«

Nach einer Weile fügte er nachdenklich hinzu: »Trotzdem, wenn man das Gefühl der Furcht, das jetzt in den Sklaven erweckt ist, in Haß verwandeln kann, dann erweist sich das vielleicht als nützlich. Der Schock hat sie zumindest aus ihrer Apathie gerissen.«

»Sie sind ein herzloser Bastard«, sagte ich leise.

»Das muß ich sein, insbesondere, da alle anderen es ja vorziehen, hirnlos zu sein. Jetzt ist nicht die Zeit für zarte Gefühle. Jetzt ist eine Zeit der Auflösung und des Chaos, wie es sie oft in der Geschichte gegeben hat, und nur einer, der zuerst die Realität der Lage akzeptiert, kann hoffen, etwas an ihr ändern zu können. Wir leben nicht in einem Kosmos, wo die Perfektion möglich oder auch nur wünschenswert ist. Wir müssen unsere Kompromisse schließen und uns mit den Zielen zufriedengeben, die zu erreichen möglich sind.« Und dann, scharf, zu Kathryn gewandt: »Und jetzt hören Sie auf zu schniefen! Ich muß nachdenken.«

Sie sah ihn mit geweiteten, von Tränen verschleierten Augen an.

»Wirklich einmalig sehen Sie aus.« Er grinste bösartig. »Die Nase rot, das Gesicht angeschwollen, ein Schluckauf obendrein. Nicht gerade hinreißend.«

Sie schniefte noch einmal, und plötzlich rötete der Zorn ihre Wangen. Dann schluckte sie ein paarmal, löste sich von mir und wandte ihm den Rücken zu.

»Immerhin ist sie jetzt still«, flüsterte Manuel mir zu.

Einen Augenblick lang wirkte er fast jungenhaft verspielt.

III

Die endlosen, sinnlosen Tage hatten in mir ein Gefühl der Zeitlosigkeit erzeugt, und ich fragte mich manchmal, ob dieses Schiff nicht der Fliegende Holländer war, auf einem ewigen Kurs nach draußen, ins Nichts, mit einer Mannschaft aus Teufeln und Verdammten. Der Versuch, Manuel zur Eile anzutreiben, hatte keinen Sinn, also ließ ich es bleiben und verbrachte meine Zeit mit Arbeiten und Warten. Heute bin ich der Ansicht, daß seine Verzögerungstaktik Absicht war, daß er aus den Sklaven die letzte Hoffnung herausmahlen und ihnen nur ein hohles Sehnen nach Rache lassen wollte. Auf die Weise würden sie besser kämpfen.

Es gab nicht viel Gelegenheit, mit Kathryn alleine zu sein. Ein flüchtiger Kuß, ein geflüstertes Wort im düsteren Licht des Maschinenraums, Augen und Händen die sich leicht über eine verrostete, schmierige Maschine hinweg berührten. Das war alles. Wenn wir in unsere Kabine zurückkehrten, waren wir im allgemeinen zu müde, um an irgend etwas anderes als Schlaf zu denken.

Einmal fiel mir auf, daß Manuel im Sklavenpferch ein paar Worte mit Fähnrich Hokusai wechselt, der mit Kathryn und mir gefangengenommen worden war. Jemand mußte die Menschen anführen, und Hokusai war dafür am besten geeignet. Aber wie hatte Manuel das gewußt? Das war Teil seines Genies, seine Fähigkeit, andere Menschen richtig einzuschätzen.

Das Ende kam plötzlich. Manuel rüttelte mich wach. Ich blinzelte müde die verhaßten Wände um mich an, spürte das unregelmäßige Pochen des Gravitationsfeldes, das erneut schlecht funktionierte. Wieder Arbeit für uns.

»Schon gut, schon gut«, brummte ich. »Ich komme schon.«

Als er den Vorhang von Kathryns Koje wegzog und sie weckte, protestierte ich. »Das schaffen wir schon. Lassen Sie sie schlafen!«

»Nicht jetzt!« antwortete er. Die Zähne blitzten weiß in seinem dunklen Gesicht. »Der Kapitän schwebt in süßen Träumen. Ich hörte, wie zwei der Gorzuni darüber sprachen.«

Das ließ mich in die Höhe schießen, und es lief mir eisig über den Rücken. »Jetzt . . .?«

»Ruhig Blut!« sagte Manuel. »Wir haben eine Menge Zeit.«

Wir schlüpften in unsere Kleider und gingen die langen Korridore hinunter. Das Schiff war still. Außer dem schweren, unregelmäßigen Dröhnen der Maschinen war nur das Flüstern unserer Schuhe und das heisere Scharren des Atems in meinen Lungen zu hören. Kathryns Gesicht war blaß, und ihre Augen wirkten im düsteren Licht riesengroß. Aber sie drückte sich nicht an mich. Sie ging zwischen uns beiden und wirkte so weit entfernt, daß ich es gar nicht verstehen konnte. Hie und da kamen wir an einem Gorzuni-Krieger vorbei, der irgend etwas zu erledigen hatte; wir zuckten dann jedesmal zur Seite und wurden zu Sklaven. Aber ich sah den bitteren Triumph in Manuels Blick, wenn er den Titanen nachsah.

Hinein in die Räume, wo die Maschinen im flackernden Dämmerlicht wie heidnische Götter aufragten. Drei Gorzuni erwarteten uns dort, bewaffnete Ingenieure, die uns anfauchten. Einer von ihnen versuchte, Manuel einen Schlag zu versetzen, aber der duckte sich weg, als hätte er gar nichts bemerkt, und beugte sich über den Gravitationsgenerator. Er winkte mir zu, ihm beim Abheben des Deckels zu helfen.

Ich sah gleich, daß eine der Feldspulen kurzgeschlossen war. Das erzeugte einen Harmonieabfall, der den Raumverwerfungen erzeugenden Strom beeinträchtigte. Es wäre leicht zu reparieren gewesen. Aber Manuel kratzte sich am Kopf und blickte dann zu den unwissenden Riesen auf, die hinter uns standen. Er begann mit gespielter Sorgfalt Leitungen zu überprüfen.

Dann sagte er zu mir: »Wir arbeiten uns bis zum Hilfskonverter durch. Den habe ich schon vorbereitet, damit er das tut, was ich will.«

Ich wußte, daß die Gorzuni uns nicht verstehen konnten, und daß ihnen jeder menschliche Gesichtsausdruck verschlossen blieb; trotzdem verspürte ich ein Prickeln in meinem Rücken.

Langsam arbeiten wir uns auf die gedrungen wirkende Maschine zu, die die Kraftquelle für sämtliche Hilfsaggregate des Schiffes darstellte. Manuel schaltete ein Oszilloskop ein und studierte die Kurve, als hätte sie etwas zu bedeuten. »Aha!« sagte er.

Wir schraubten das Strahlungsschild ab und legten damit die Auslaßröhre frei. Ich wußte, daß das zornige, blutrote Licht, das ihr entströmte, ungefährlich war, daß der größte Teil der Radioaktivität abgeschirmt war. Trotzdem zuckte ich unwillkürlich davor zurück. Wenn ein Konverter durch das Ventil gereinigt wird, trägt man normalerweise einen Schutzpanzer.

Manuel ging an eine Werkbank und holte sich ein Gerät, das er selbst hergestellt hatte. Ich wußte, daß es für Reparaturen nicht zu gebrauchen war, aber er hatte auch schon bei früheren Aufträgen so getan, als wäre es ein Werkzeug. Es handelte sich um einen bleibeschichteten, flexiblen Schlauch, der an eine Magnetronpumpe angeschlossen werden konnte, mit einer ganzen Anzahl von Meßgeräten und Schaltern, die um des schieren Effekts willen angebracht waren. »Helfen Sie mir, John«, sagte er leise.

Wir montierten die Pumpe über dem Auslaufventil und schalteten die paar Instrumente ein, die wirklich etwas bedeuteten. Ich hörte, wie Kathryn hinter mir aufstöhnte, und plötzlich überkam mich die schreckliche Erkenntnis und lähmte meine Hände. Da war nicht einmal eine Dichtung . . .

Der Gorzuni-Ingenieur kam auf uns zu und grollte in seiner harten Sprache eine Frage. Sein Kollege kam dicht hinter ihm. Manuel antwortete bereitwillig, ohne dabei den Blick von den wie wild ausschlagenden, völlig sinnlosen Meßgeräten zu wenden.

Er wandte sich zu mir um, und ich sah den Spott in seinen Augen. »Ich habe denen gesagt, daß der Konverter dringend von Abfallprodukten gesäubert werden muß«, sagte er in Anglic. »Das gilt übrigens für das ganze Schiff.«

Er nahm den Schlauch in die Hand, während die andere an einem Schalter der Maschine lag. »Schauen Sie nicht hin, Kathryn«, sagte er ohne Betonung. Dann legte er den Schalter um.

Ich hörte, wie die Dämpferplatten herunterfuhren. Manuel hatte die automatische Sicherung kurzgeschlossen, die normalerweise dafür sorgte, daß sie oben blieben, wenn das Atomfeuer brannte. Ich hielt mir die Hand über die Augen und duckte mich.

Die Flamme, die heraussprang, war wie ein Stück der Sonne. Sie zischte aus dem Schlauch und quer durch den Saal. Ich fühlte, wie meine Haut unter der Hitze einschrumpfte, und hörte das Brüllen der zerrissenen Luft. In weniger als einer Sekunde hatte Manuel die Dämpfer wieder vorgelegt, aber sein improvisierter Blaster hatte die Köpfe der drei Gorzuni weggebrannt und die Wand hinter ihnen geschmolzen. Als ich wieder aufblickte, glühte das Metall weiß, und der zornige Donner dröhnte und hallte und brachte meine Knochen zum Erzittern, bis mein Schädel davon widerhallte.

Manuel ließ den Schlauch fallen, stieg über die toten Riesen hinweg und riß ihnen die Pistolen aus den Halftern. »Eine für jeden von uns«, sagte er.

Dann drehte er sich zu Kathryn herum. »Ziehen Sie einen Schutzpanzer an und warten Sie hier unten! Die Radioaktivität ist ziemlich schlimm, aber ich glaube nicht, daß sie uns in der kurzen Zeit schadet, die wir brauchen. Erschießen Sie jeden, der hereinkommt.«

»Ich . . .« Ihre Stimme klang unter dem nachhallenden Echo schwach und dünn. »Ich will mich nicht verstecken . . .«

»Verdammt, Sie halten hier Wache! Diese Ungeheuer dürfen den Maschinenraum nicht zurückerobern. So, und jetzt Null-Gravitation!« Und Manuel schaltete den Generator ab.

Der freie Fall erfaßte mich mit scheußlicher Übelkeit. Ich bekämpfte meinen empörten Magen und schnappte mir einen Pfosten, um mich ans Deck herunterzuziehen. Herunter – nein. Jetzt gab es kein oben und unten. Wir schwebten frei. Manuel hatte den Schwerkraftvorteil der Gorzuni zunichte gemacht.

»Also los, John, gehen wir!« befahl er.

Ich hatte nur Zeit, Kathryn die Hand zu drücken. Dann stießen wir uns ab, schossen zur Tür hinaus, in den Korridor dahinter. Allen Göttern sei Dank, die Marine des Commonwealth hatte zumindest allem Personal eine Ausbildung im freien Fall zuteil werden lassen. Aber wie viele von den Sklaven würden wohl damit zurecht kommen?

Rings um uns brüllte das Schiff. Zwei Gorzuni kamen aus einer Kabine geschossen, Waffen in den Händen. Manuel brannte sie nieder, als sie auftauchten, nahm ihnen die Waffen weg und bog in Richtung auf die Sklavenpferche ab.

Die Lichter gingen aus. Ich schwamm in dichter Finsternis, in der nur die Wut des Feindes lebte. »Was, zum Teufel . . .«, stieß ich hervor.

Manuels Antwort kam ganz trocken aus der Schwärze. »Kathryn weiß, was sie zu tun hat. Ich habe es ihr vor ein paar Tagen gesagt.«

Im Augenblick hatte ich keine Zeit, die Leere in mir voll zu erkennen, die von dem Wissen rührte, daß die zwei hinter meinem Rücken gesprochen hatten. Es gab zuviel anderes zu tun. Die Gorzuni feuerten blind. Blasterstrahlen zuckten grell durch die

Korridore. Ein Aufruhr brach los. Zweimal zuckte ein Blitzstrahl nur wenige Zentimeter an mir vorbei. Manuel erwiderte das Feuer auf einzelne Riesen, tötete sie und sammelte ihre Waffen ein. Von der Dunkelheit geschützt, tasteten wir uns zu den Sklavenpferchen durch.

Dort waren keine Wachen. Als Manuel anfing, die Schlösser mit heruntergeschaltetem Blasterfeuer zu schmelzen, konnte ich undeutlich das Gewirr frei schwebender nackter Leiber sehen, die im düsteren Schein der Pferche um sich schlugen und schrien. Eine Szene aus der Hölle. Der Sturz der aufrührerischen Engel. Der Mensch, das Kind Gottes, hatte die Sterne gestürmt und war dafür zu ewiger Höllenpein verurteilt worden.

Und jetzt schickte er sich an, diese Hölle zu verlassen.

Hokusais plattes Gesicht drückte sich gegen die Stangen. »Holt uns raus!« murmelte er drängend.

»Wie vielen kann man vertrauen?« fragte Manuel.

»Etwa hundert. Die haben sich ihre Vernunft bewahrt. Sehen Sie sie dort drüben? Und vielleicht fünfzig von den Frauen.«

»Gut. Holen Sie Ihre Leute heraus. Der Rest soll eine Weile toben. Wir können nichts für sie tun.«

Die Männer kamen heraus, stumm und grimmig, schwebten im Korridor, während ich den Käfig der Frauen öffnete. Manuel verteilte die paar Waffen, die wir hatten. Jetzt erhob sich seine Stimme in der Finsternis.

»Also gut. Wir haben den Maschinenraum besetzt. Ich möchte, daß sechs Mann mit Waffen jetzt dorthin gehen und Kathryn O'Donnell helfen, den Maschinenraum zu halten. Sonst erobern ihn die Gorzuni zurück. Wir anderen gehen zum Arsenal.«

»Was ist mit der Brücke?« fragte ich.

»Die wird warten. Im Augenblick sind die Gorzuni in Panik. Das ist Teil ihrer Natur. Sie sind noch schlimmer als Menschen, wenn es zu einem Massenaufruhr kommt. Aber das hält nicht lange an, und wir müssen unseren Vorteil nutzen. Kommt jetzt!«

Hokusai führte die Gruppe zum Maschinenraum – seine Marineausbildung reichte aus, um ihm den Weg zu weisen –, und ich folgte Manuel, der die anderen hinausführte. Wir hatten insgesamt nur drei oder vier Pistolen, wußten aber zumindest, was unser Ziel war. Und inzwischen rechneten nur noch wenige Menschen damit, dies alles zu überleben, oder hatten an irgend etwas anderem Interesse als dem Töten von Gorzuni. Manuel hatte den richtigen Zeitpunkt gewählt.

Wir tasteten uns durch die Finsternis, tauschten Schüsse mit Kriegern, die durch das Schiff zogen und auf alles schossen, das sich bewegte. Wir verloren Männer, aber gewannen Waffen. Hier und da fanden wir tote Aliens, die bei dem Aufruhr ums Leben gekommen waren, und nahmen auch ihnen die Waffen ab. Einmal machten wir kurz halt, um die Techniker aus ihrem Spezialkäfig herauszulassen, und drängten dann weiter zum Arsenal.

Die Gorzuni besaßen zwar alle persönliche Waffen, aber trotzdem war die Sammlung im Schiffsarsenal nicht klein. Eine Gruppe von Wachen stand vor der Tür und verteidigte sie gegen alle, die näher kamen. Sie hatten ein tragbares Schild gegen Blasterstrahlen. Ich sah, wie unsere Flammen wirkungslos davon abprallten, und sah Männer sterben, als das gegnerische Feuer uns erfaßte.

»Wir brauchen einen direkten Angriff, um ihre Aufmerksamkeit abzulenken. Unterdessen können ein paar von uns die Nullschwerkraft ausnützen, über sie hinweg hineinschweben und von oben auf sie heruntertauchen«, sagte Manuel mit seiner kalten Stimme. Sie klang klar und deutlich, als blitzten nicht rings um uns die Schüsse. »John, übernehmen Sie den Angriff!«

»Den Teufel werde ich!« stieß ich hervor. Das wäre glatter Selbstmord. Wir würden niedergemäht werden wie von einer Sense. Und Kathryn wartete ... Dann schluckte ich Wut und Angst hinunter und rief den Männern zu. Ich bin auch nicht tapferer als sonst einer, aber Schlachten haben etwas Aufputschendes an sich, und diese Wirkung setzte Manuel ebenso berechnend ein wie alles andere.

Wir brandeten gegen sie an wie eine Mauer aus Fleisch. Eine Mauer, die sie in Stücke rissen und in Fetzen zurücktaumeln ließen. Es war nur ein Augenblick von Flammen und Donner, dann brach Manuels fliegende Attacke über die Verteidiger herein, brannte sie nieder, und alles war vorbei. Ich nahm flüchtig zur Kenntnis, daß mich ein Blasterstrahl am Bein getroffen und mir die Haut weggebrannt hatte, aber in dem Augenblick tat es gar nicht weh, und ich staunte nur über das kleine Wunder, das mich am Leben gehalten hatte.

Manuel brannte die Tür auf, und die Reste von uns schwärmten hinein und warfen sich auf die in Regalen angeordneten Waffen. Ehe wir sie alle geladen hatten, griff uns eine Gorzunigruppe an, aber wir wehrten sie ab. Es gab auch Taschenlampen. Jetzt hatten wir Licht in der drückenden Finsternis. Manuels Gesicht tauchte aus der Dunkelheit auf, als er schnell und hart seine Befehle erteilte. Ein Dämonengesicht, breit und machtvoll und häßlich, aber jeder preschte los, wenn er etwas befahl. Eine Gruppe erhielt den Auftrag, zu den Sklavenpferchen zurückzukehren, den anderen Menschen Waffen zu geben und sie hierher zu holen.

Verstärkung wurde zum Maschinenraum gesandt. Werfer und kleine Antigravkanonen wurden montiert und geladen. Die Gorzuni begannen ruhiger zu werden. Jemand hatte das Kommando übernommen und den Befehl zum Sammeln gegeben. Nun würde es zum echten Kampf kommen.

Und den bekamen wir!

Ich erinnere mich nicht besonders gut an jene von Feuer durchzuckten Stunden. Trotz unserer überlegenen Bewaffnung erlitten wir schwere Verluste. Nur an die dreihundert Menschen überlebten die Schlacht. Aber die meisten davon waren schwer verwundet. Doch das Schiff eroberten wir, und das war die Hauptsache. Wir jagten die letzten Gorzuni und brannten auch die nieder, die sich zu ergeben versuchten. Es gab keine Gnade. Die Gorzuni hatten jede Barmherzigkeit aus uns herausgeprügelt, und jetzt sahen sie sich dem Ungeheuer gegenüber, das sie geschaffen hatten. Als die Lichter wieder angingen, lebten noch dreihundert erschöpfte Menschen, und das Schiff gehörte ihnen.

IV

Im größten Saal, den wir finden konnten, wurde eine Konferenz abgehalten. Alle waren zugegen, schwitzend, dicht gedrängt und die Augen starr auf den Mann gerichtet, der sie befreit hatte. Theoretisch war dies eine demokratische Versammlung, einberufen, um die nächsten Schritte zu entscheiden. Wenn man es praktisch sah, war es freilich so, daß Manuel Argos seine Befehle erteilte. »Zuallererst«, sagte er, und irgendwie erfüllte seine weiche Stimme den ganzen Saal, »müssen wir natürlich an die Reparaturen gehen, sowohl der Schäden der Schlacht als auch derjenigen, die wir den Anlagen absichtlich zugefügt haben. Das wird wohl eine Woche dauern, stelle ich mir vor, aber dann haben wir ein feines Schiff. Bis dahin wird aus Ihnen eine Mannschaft geworden sein. Lieutenant Reeves und Fähnrich Hokusai werden Ihnen eine Kampfausbildung zuteil werden lassen. Wir sind mit dem Kämpfen noch nicht fertig.«

»Sie meinen . . .« Ein Mann in der Menge stand auf. »Sie meinen, Sir, daß man uns bei der Rückkehr nach Sol Widerstand leisten wird? Ich finde, wir sollten uns einfach hineinschleichen. Ein Planet ist für eine Blockade viel zu groß, wissen Sie, selbst wenn die Baldics es versuchen sollten.«

»Ich meine«, sagte Manuel ruhig, »daß wir nach Gorzun weiterfliegen.«

Wenn nicht alle so müde gewesen wären, hätte das den Aufruhr bedeutet. So war nur ein drohendes Murren zu hören, das die ganze Versammlung durchlief.

»Schauen Sie«, sagte Manuel geduldig. »Bis wir dort ankommen, haben wir ein erstklassiges Kampfschiff, und das ist mehr, als über was die Feinde verfügen können. Wir werden ein Schiff sein, das man erwartet, eines der ihren, und die rechnen ganz gestimmt nicht mit einem Angriff auf ihren Heimatplaneten. Das ist eine einmalige Chance, denen einen Tiefschlag zu versetzen. Die Gorzuni geben ihren Schiffen keine Namen, also schlage ich vor, daß wir unseres jetzt taufen – die *Revenge*, das heißt *Rache* im alten Englisch unserer Vorfahren.«

Es war schiere Demagogie. Seine Stimme hallte wie eine Orgel. Seine Worte waren die eines zürnenden Engels. Er argumentierte und bettelte, drängte und drohte und blies dann die Trompeten für uns. Am Ende standen sie auf und jubelten ihm zu. Selbst mein Herz hob sich ihm entgegen, und Kathryns Augen waren groß und leuchtend. Oh, er war kalt und hart und anmaßend, aber er machte uns wieder stolz darauf, Menschen zu sein.

Am Ende stimmten alle zu, und das solare Schiff *Revenge* unter Captain Manuel Argos, dem Ersten Maat John Henry Reeves, setzte den Weg nach Gorzun fort.

In den Tagen und Wochen, die nun folgten, sprach Manuel viel von seinen Plänen. Ein vernichtender Angriff auf Gorzun würde das Vertrauen der Barbaren in ihre Macht erschüttern, und viele ihrer im Raum befindlichen Schiffe würden zur Verteidigung der Mutterwelt zurückbeordert werden. Wahrscheinlich würde die rivalisierende Hälfte der Baldic-Liga ihre Chance ergreifen und über den plötzlich geschwächten Feind herfallen. Die *Revenge* würde nach Sol zurückkehren, aber diesmal mit der besten Mannschaft im ganzen Universum. Um sie würden sich die verstreuten Kämpfer der Menschheit sammeln. Der Krieg würde fortgesetzt werden, bis das System befreit war . . .

». . . und dann natürlich fortgesetzt werden, bis alle Barbaren besiegt sind«, sagte Manuel.

»Warum?« fragte ich. »Interstellarer Imperialismus zahlt sich nicht aus. Vielleicht für die Barbaren, die anderswo stehlen müssen, weil sie nicht über die technischen Möglichkeiten verfügen, um zu Hause das zu produzieren, was sie brauchen. Aber Sol würde nur eine Bürde auf sich nehmen.«

»Zur Verteidigung«, sagte Manuel. »Sie glauben doch nicht etwa, ich würde zulassen, daß mein besiegter Feind sich verkriecht, sich die Wunden leckt und einen neuen Angriff vorbereitet, oder glauben Sie das? Nein, alle mit Ausnahme von Sol müssen entwaffnet werden! Und die einzige Möglichkeit, einen Frieden dieser Art zu erzwingen, besteht darin, daß Sol der unbestrittene Herrscher ist!« Dann fügte er nachdenklich hinzu: »Oh, das Imperium braucht sich nicht ewig auszudehnen. Nur bis es groß genug ist, um sich gegen jeden Angriff zu verteidigen. Und wenn wir die Wirtschaft ein wenig neu organisieren, dann könnte es sich auch auszahlen. Wir könnten Tribut fordern, wissen Sie.«

»Ein Imperium . . .?« fragte Kathryn. »Aber das Commonwealth ist demokratisch . . .«

»War demokratisch!« herrschte er sie an. »Jetzt ist es verfault. Schade, aber man kann die Toten nicht wieder zum Leben erwekken. Dies ist eine Epoche in der Geschichte, wie es sie schon oft gab, wenn der erzwungene Frieden der Cäsaren die einzige Lösung ist. Vielleicht keine gute Lösung, aber besser als die Verwüstung, die wir jetzt erleiden. Wenn die Periode des Friedens und der Einheit lange genug gedauert hat, mag die Zeit kommen, wieder daran zu denken, die alte republikanische Regierungsform einzusetzen. Aber das liegt viele hundert Jahre in der Zukunft, sofern diese Zeit je wieder kommen sollte. Im Augenblick sprechen die sozioökonomischen Umstände nicht dafür.«

Er ging unruhig auf der Brücke auf und ab. Eine Million Sterne in der Sichtluke flammten wie eine eisige Krone über seinem Kopf. »Es wird in der Tat ein Imperium sein«, sagte er, »deshalb sollte es auch dem Namen nach eines sein. Menschen kämpfen, bringen Opfer und sterben für ein glänzendes Symbol, selbst dann, wenn die Forderungen der Wirklichkeit sie nicht berühren. Wir brauchen eine erbliche Aristokratie, um denen eine gute Schau zu liefern. Das war schon immer höchst wirkungsvoll, und für Sol ist dieser archaische Brauch jetzt besonders wertvoll. Das wird die guten alten, prunkvollen Tage vor dem Beginn des Weltraumzeitalters zurückrufen. Jetzt wird das noch mehr ein Symbol sein als in seiner eigenen Zeit. Ja, ein Kaiserreich, Kathryn, das Empire von Sol. Frieden, meine Untertanen!«

»Aristokratien zerfallen«, wandte ich ein. »Gegen Despotismus ist nichts zu sagen, so lange es einen fähigen Despoten gibt, aber über kurz oder lang wird ein Schwachkopf geboren . . .«

»Nicht, wenn die Dynastie mit starken Männern und Frauen beginnt und fortfährt, gute Zuchtwahl zu betreiben, und die Söhne dann in derselben harten Schule wie die Väter erzieht. Das kann sie Jahrhunderte überdauern. Besonders in diesen Tagen der Gerontologie und hundertjährigen aktiven Lebens.«

Ich lachte. »Ein einziges Schiff, und Sie planen ein Kaiserreich in der Galaxis!« spottete ich. »Und Sie selbst werden ja, nehme ich an, der erste Kaiser sein?«

Seine Augen blickten ausdruckslos. »Ja«, sagte er. »Es sei denn, ich finde einen besseren Mann, und das bezweifle ich.«

Kathryn biß sich auf die Lippen. »Das gefällt mir nicht«, sagte sie. »Das ist – grausam.«

»Dies ist auch eine grausame Zeit, meine Liebe«, sagte er mit sanfter Stimme.

Schwarz und riesig wälzte sich Gorzun vor die Wildnis der Sterne. Die rötlich beleuchtete Hemisphäre schimmerte wie eine blutige Sichel, als wir aus dem Sekundärantrieb auftauchten und der Nachtseite des Planeten entgegenstrebten.

Wir wurden nur einmal angerufen. Ein heiseres Wortgewirr drang aus dem Kommunikator. Manuel antwortete flüssig in der Sprache der Gorzuni und erklärte, unsere Sichtgeräte funktionierten nicht, gab jedoch die Erkennungssignale, die im Codebuch enthalten waren. Das Kriegsschiff ließ uns passieren.

Tiefer und tiefer und immer tiefer – die dunkle Planetenoberfläche schwoll unter uns an, Berge reckten uns ihre hungrigen Gipfel entgegen, wie um dem Schiff den Bauch aufzureißen, Schnee und Gletscher und eine tobende See, die von den drei dahinjagenden Monden beleuchtet wurde. Schwärze und Kälte und Verzweiflung.

Manuels Stimme rollte über das Interkom: »Seht hinunter, Männer von Sol. Seht durch die Luken. Dorthin wollten die uns bringen!«

Ein Knurren schieren Hasses antwortete ihm. Diese Mannschaft wäre bis auf den letzten Menschen gestorben, wenn sie Gorzun mit sich in den Tod hätte ziehen können. Gott helfe mir, auch mir war so zumute.

Es war eine lange, harte Reise gewesen, selbst nach unserer Befreiung, und die Müdigkeit, die mich umklammert hielt, wurde nur von der Aussicht auf Kampf in den Hintergrund gedrängt. Ich hatte rund um die Uhr gearbeitet, hatte Männer ausgebildet, hatte die hundert Einheiten organisiert, die ein modernes Kriegsschiff benötigt. Manuel, dem Kathryn als Sekretärin und allgemeine Assistentin behilflich war, hatte sich noch mehr abverlangt, aber ich hatte beide nicht viel zu Gesicht bekommen. Wir hatten alle zuviel zu tun gehabt.

Jetzt saßen wir drei auf der Brücke und sahen zu, wie Gorzun uns entgegenjagte, um uns zu empfangen. Kathryn war blaß und still, und die Hand, die auf der meinen lag, fühlte sich kalt an. Ich spürte eine Spannung in mir, als müßte ich reißen. Meine Anweisungen an meine Geschützmannschaften kamen gequält. Manuel allein schien so kühl und ungerührt wie immer. Der Mann hatte einen Kern aus Stahl. Manchmal fragte ich mich, ob er wirklich ein Mensch war.

Die Atmosphäre umfing uns kreischend und donnernd. Wir brausten über das Meer, lieferten der Dämmerung ein Rennen, und dann sahen wir im kalten, farblosen Licht die Hauptstadt Gorzuns über den Rand der Welt heraufkommen.

Ich konnte einen benommenen Blick auf kantige, steinerne Türme werfen, schmale Straßenschluchten und titanenhaft aufragende Raumschiffe am Rand der Stadt. Dann nickte Manuel, und ich gab meinen Feuerbefehl.

Unter uns brachen Flammen hervor. Raumschiffe platzten auf, brachen in sich zusammen und zerdrückten Bauten unter ihren riesigen Massen. Stein und Metall verschmolzen und flossen wie Lava zwischen zerbröckelnden Mauern. Der Boden tat sich auf und verschluckte die halbe Stadt. Eine blau-weiße Hölle atomaren Feuers, dann deckte der Rauch sie gnädig zu, und die Stadt erstarb.

Wir schossen himmelwärts, jede Strebe im Schiff ächzte protestierend, rasten auf den nächsten großen Raumhafen zu. Ein Schiff schwebte darüber. Vielleicht waren sie bereits alarmiert worden. Wir sollten es nie erfahren. Wir eröffneten das Feuer, und das Schiff feuerte zurück. Während wir am Himmel unsere Manöver durchführten, warf die *Revenge* ihre Bomben. Das gegnerische Feuer erfaßte uns, aber unsere Kraftfelder hielten, und die ihren nicht. Das brennende Schiff zerschmetterte die halbe Stadt, als es abstürzte.

Weiter, zum nächsten Ort, den uns die eroberten Karten zeigten. Diesmal erwartete uns eine Wolke von Abfangraketen. Die *Revenge* erzitterte unter den zahlreichen Schlägen. Fast konnte ich sehen, wie unser Gravitationsgenerator zu rauchen begann, während er versuchte, unsere verrückten Ausweichmanöver auszugleichen. Wir kämpften mit ihnen wie ein Bär gegen ein Rudel Hunde kämpft, verjagten sie und verwüsteten den Stützpunkt.

»Geschafft«, sagte Manuel. »Verschwinden wir hier!«

Der Raum wurde zur flammenden Nacht rings um uns, als wir über die Atmosphäre emporstiegen. Gleich würden uns Kriegsschiffe nachjagen, um uns zu zerschmettern. Aber wie konnten sie ein einzelnes Schiff in der Endlosigkeit zwischen den Welten ausmachen? Wir tauchten in den Sekundärantrieb, etwas, das in so großer Nähe einer Sonne sehr riskant ist, aber wir hatten die Maschinen fein abgestimmt und die Mannschaft gut ausgebildet. Binnen Minuten hatten wir den nächsten Planeten erreicht, der ebenfalls bewohnbar war. Es gab dort nur drei Kolonien. Wir zerschmetterten sie alle drei.

Die Männer jubelten. Es glich eher dem Heulen eines Wolfsrudels. Mir verging der Triumph, und bei all der Verwüstung war mir fast ein wenig übel. Ja, sie waren unsere Feinde. Aber es gab zu viele Tote. Kathryn weinte, lautlos rannen ihr die Tränen über das Gesicht, und ihre Schultern bebten.

Manuel griff nach ihrer Hand. »Jetzt ist es vorbei, Kathryn«, sagte er leise. »Wir können jetzt nach Hause zurück.«

Nach einer Weile fügte er, wie im Selbstgespräch, hinzu: »Der Haß ist ein nützliches Mittel zum Zweck, aber verdammt gefährlich. Wir werden dafür sorgen müssen, daß die Menschheit ihren rassistischen Komplex verliert. Wir können niemanden besiegen, nicht einmal die Gorzuni, und sie dann als Bürger zweiter Ordnung behandeln und zugleich hoffen, ein stabiles Imperium zu haben. Alle Rassen müssen gleich sein.« Er rieb sich über das kantige Kinn. »Ich glaube, ich werde da eine Anleihe bei den alten Römern machen. Jedes Individuum, welcher Rasse auch immer es angehört, kann Bürger Terras werden. Das wird stabilisierend wirken.«

»Sie sind größenwahnsinnig«, sagte ich, und meine Lippen hätten mir dabei fast den Dienst versagt. Aber ich war meiner Worte nicht mehr so sicher.

Auf der nördlichen Hemisphäre der Erde war Winter, als die *Revenge* nach Hause zurückkehrte. Ich trat in den Schnee hinaus, der unter meinen Füßen knirschte, und sah zu, wie mein Atem weiß vor dem klaren, blassen Blau des Himmels stand. Ein paar andere waren mit mir herausgekommen. Sie fielen im Schnee auf die Knie und küßten ihn. Es war eine wilde Bande, die da neben mir im Schnee kniete, mit allen möglichen Fetzen bekleidet, die sie hatten finden können, die Männer bärtig und langhaarig, aber jetzt waren sie die beste, die tödlichste Mannschaft von Kämpfern, die die Galaxis kannte. Da standen sie und blickten auf die weichen Hügel hinaus, den blauen Himmel, die vom Eis blitzenden Bäume und die Krähe, die krächzend über uns am Himmel flog, und dann gefroren ihnen die Tränen in ihren Bärten.

Zu Hause!

Wir hatten den anderen Flotteneinheiten Signale gegeben. Einige würden bald kommen und uns abholen und uns zu dem geheimen Stützpunkt auf Merkur geleiten, und dort würde der Kampf weitergehen. Aber jetzt, in diesem Augenblick der Ewigkeit, waren wir zu Hause.

Ich spürte die Müdigkeit wie einen Schmerz in meinen Knochen. Ich wollte wie ein Bär in irgendeine Höhle neben einem murmelnden Bach kriechen, unter den lieben, hohen Bäumen der Erde, und schlafen, bis der Frühling die Welt aufs neue erweckte. Aber wie ich so dastand und der eisige Winterwind um mich wehte, als könnte er mich von all dem Schlimmen reinigen, das ich erlebt hatte, fiel die Müdigkeit von mir ab. Mein Körper reagierte auf die Welt, für die ihn zwei Milliarden Jahre der Entwicklung geformt hatten, und ich lachte laut, weil es mir solche Freude bereitete.

Wir konnten nicht untergehen. Wir waren die freien Männer Terras und kämpften für unsere Herdfeuer, und die tiefe, uralte Kraft des Planeten war in uns. Der Sieg und die Sterne lagen in unseren Händen, selbst jetzt, selbst jetzt.

Ich drehte mich um und sah, wie Kathryn über die Gangway aus der Luftschleuse herunterkam. Mein Herz machte einen Satz und begann dann, wie wild zu schlagen. Es war so lang gewesen, so schrecklich lang. Wir hatten so wenig Zeit gehabt, aber jetzt waren wir zu Hause und sie war hier und ich war hier, und die ganze Welt sang ihr Lied.

Ihr Gesicht wirkte ernst, als sie auf mich zukam. Etwas unendlich Fernes war an ihr, und in die Freude, die auch sie empfinden mußte, mischte sich auf seltsame Weise Schmerz. Der Frost knisterte in ihrem dunklen, losen Haar, und als sie meine Hände ergriff, spürte ich, daß die ihren kalt waren.

»Kathryn, wir sind zu Hause«, flüsterte ich. »Wir sind zu Hause und frei, und wir leben. O Kathryn, ich liebe dich!«

Sie sagte nichts, sondern stand bloß da und sah mich lange an, lange – bis Manuel Argos zu uns trat. Der kleine, untersetzte Mann schien verlegen – das erste und einzige Mal, daß ich ihn unsicher sah, wenn auch nur ein kleines bißchen.

»John«, sagte er, »ich muß Ihnen etwas sagen.«

»Das hat Zeit«, antwortete ich. »Sie sind der Kapitän des Schiffes. Sie haben die Vollmacht, Ehen zu schließen. Ich möchte, daß Sie Kathryn und mich verheiraten, hier, jetzt, auf der Erde.«

Sie sah mich an, aber ihre Augen waren von Tränen blind. »Das ist es ja, John«, sagte sie, so leise, daß ich es kaum hören konnte. »Das wird nicht sein. Ich werde Manuel heiraten.«

Ich stand da und sagte nichts, spürte es noch nicht einmal.

»Es geschah auf der Reise«, sagte sie ausdruckslos. »Ich habe versucht, dagegen anzukämpfen, ich konnte es nicht. Ich liebe ihn, John. Ich liebe ihn sogar noch mehr, als ich dich liebe, und ich hätte nie gedacht, daß das möglich wäre.«

»Sie wird die Mutter von Königen sein«, sagte Manuel, aber seine arroganten Worte klangen fast, als wolle er sich damit verteidigen. »Ich hätte keine bessere Wahl treffen können.«

»Lieben Sie sie auch?« fragte ich langsam. »Oder halten Sie sie nur für gutes Zuchtmaterial?« Und dann: »Nein, bitte, lassen Sie! Ihre Antwort würde nur die passendste sein. Wir werden die Wahrheit nie kennen.«

Es war Instinkt, dachte ich, und plötzlich wallte die Müdigkeit in mir wieder auf. Eine starke, lebenskräftige Frau suchte sich immer den geeignetsten Partner. Sie konnte nicht anders. Das war das Erbe der Rasse in ihr, und es gab nichts, was ich dagegen tun konnte.

»Der Himmel segne euch, meine Kinder«, sagte ich.

Nach einer Weile gingen sie davon, Hand in Hand, unter den hohen Bäumen, unter denen das Eis und die Sonne blitzten. Ich stand da und blickte ihnen nach, bis ich sie nicht mehr sehen konnte. Ich glaube, ich wußte schon damals, obwohl uns noch ein langer, verzweifelter Kampf bevorstand, daß dies die Eltern des Reiches waren, und damit der glorreichen Argolidendynastie, und daß sie die Zukunft in sich trugen.

Aber mir war es völlig egal.

Es ist charakteristisch für dekadente Zivilisationen, daß ihre »Wissenschaftler« glauben, alles sei bereits bekannt – daß sie ihre Zeit darauf verwenden, jenes Wissen in Enzyklopädien zu sammeln. Aber der Auftrag, den jene Stiftung sich gegeben hatte, war ein besonderer –

ISAAC ASIMOV

Die Stiftung

Hari Seldon war alt und müde. Seine Stimme, auch wenn das Verstärkersystem sie hinausbrüllte, war ebenfalls alt und müde.

Nur wenige in der kleinen Gruppe wußten nicht, daß Hari Seldon tot sein würde, ehe der nächste Frühling kam. Und so lauschten sie in respektvollem Schweigen, was der größte Geist der Galaxis als letzte offizielle Worte zu verkünden hatte.

»Dies ist die letzte Zusammenkunft«, sagte jene müde Stimme, »der Gruppe, die ich vor mehr als zwanzig Jahren zusammengerufen hatte.« Seldons Blick wanderte über die vor ihm sitzenden Wissenschaftler. Er war allein auf der Plattform, allein in dem Rollstuhl, an den ihn vor zwei Jahren ein Schlaganfall gebunden hatte, und auf seinem Schoß lag der letzte Band – der zweiundfünfzigste – mit den Aufzeichnungen früherer Zusammenkünfte. Die letzte Seite war aufgeschlagen.

Er fuhr fort: »Die Gruppe, die ich zusammenrief, umfaßte die Besten, die das Galaktische Imperium bieten konnte – Philosophen, Psychologen, Historiker und Naturwissenschaftler. Und in den zwanzig Jahren, die seitdem verstrichen sind, haben wir uns mit dem größten Problem befaßt, dem sich je eine Gruppe von fünfzig Männern gegenübersah – vielleicht dem größten Problem überhaupt, mit dem sich je irgendwelche Menschen befassen müssen.

Wir konnten uns nicht immer über die anzuwendenden Methoden oder die Vorgehensweise einigen. Wir haben Monate und ohne Zweifel Jahre mit müßigen Debatten über relativ unbedeutende Streitpunkte verbracht. In mehr als einem Fall drohten größere Teile unserer Gruppe, sich ganz von uns zu lösen.

Und dennoch . . .« – sein altes Gesicht lächelte sanft – »haben wir das Problem gelöst. Viele unserer ursprünglichen Mitglieder sind gestorben und durch andere ersetzt worden. Pläne wurden aufgegeben, Vorhaben gestrichen; Vorgehensweisen erwiesen sich als fehlerhaft. Und doch haben wir das Problem gelöst; und kein Mitglied, soweit es noch lebt, hat unsere Gruppe verlassen. Darüber bin ich froh.«

Er hielt inne und wartete, bis der gedämpfte Beifall verklungen war.

»Wir haben es geschafft, und unsere Arbeit ist getan. Das Galaktische Imperium zerfällt, aber seine Kultur soll nicht sterben, und Vorkehrungen sind getroffen, auf daß sich aus ihm eine neuere und größere Kultur entwickeln möge. Die zwei wissenschaftlichen Refugien, die wir geplant haben, sind errichtet worden: an jedem Ende der Galaxis eines, auf Terminus und auf Star's End. Sie haben ihre Funktion aufgenommen und bewegen sich bereits auf den unausweichlichen Bahnen, die wir für sie vorgezeichnet haben.

Für uns bleibt nur noch ein letzter Punkt, und der liegt fünfzig Jahre in der Zukunft. Dieser bereits in Einzelheiten vorbereitete Punkt wird die Anzettelung von Revolten in entscheidenden Sektoren von Anacreon und Loris sein. Dadurch wird jene Maschinerie in Bewegung gesetzt, auf daß sie sich in dem folgenden Jahrtausend selbst entwickeln möge.«

Hari Seldons müdes Haupt sank herunter. »Meine Herren, die letzte Zusammenkunft unserer Gruppe ist beendet. Wir haben unsere Arbeit im geheimen begonnen; wir haben die ganze Zeit im geheimen gearbeitet und beenden die Arbeit jetzt ebenso – um auf unseren Lohn zu warten, tausend Jahre in der Zukunft, mit der Errichtung des Zweiten Galaktischen Imperiums.«

Der letzte Band mit den Aufzeichnungen klappte zu, und Hari Seldons schmale Hand fiel herunter.

»Ich bin fertig!« flüsterte er.

Louis Pirenne saß an seinem Schreibtisch in der einen hellerleuchteten Ecke des Raums. Er war sehr beschäftigt. Es galt, die Arbeiten zu koordinieren, die Bemühungen anderer zu organisieren. Fäden mußten zu einem Muster verwoben werden.

Fünfzig Jahre waren vergangen, fünfzig Jahre, in denen die Wissenschaftler sich auf Terminus häuslich eingerichtet hatten – und in denen die *Enzyklopädie-Stiftung Nummer Eins* zu einer reibungslos funktionierenden Arbeitsgemeinschaft geworden war. Fünfzig Jahre, um Material zu sammeln. Fünfzig Jahre der Vorbereitung.

Sie hatten es geschafft. Noch fünf Jahre, und der erste Band des monumentalsten Werkes der Galaxis würde veröffentlicht werden. Und dann in zehnjährigen Intervallen – regelmäßig, wie ein Uhrwerk – Band für Band für Band. Und mit ihnen würden die Ergänzungsbände erscheinen, spezielle Artikel über Themen von besonderem Interesse, bis ...

Pirenne zuckte zusammen, als der Summer auf seinem Schreibtisch einen gedämpften Ton von sich gab. Fast hätte er die Verabredung vergessen. Er drückte den Türknopf und sah fast abwesend, aus dem Augenwinkel, wie die Tür aufging und die breite Gestalt Salvor Hardins eintrat. Pirenne sah nicht auf.

Hardin lächelte. Er hatte es eilig, aber er hatte gelernt, Pirennes Einstellung gegenüber Leuten oder Dingen, die ihn bei seiner Arbeit störten, nicht tragisch zu nehmen. Er versenkte sich in dem Sessel auf der anderen Schreibtischseite und wartete.

Pirennes Stift kratzte leise, während er über das Papier eilte. Ansonsten war in dem Raum kein Laut zu hören und keine Bewegung wahrzunehmen. Und dann zog Hardin eine Zwei-Credit-Münze aus der Westentasche. Er schnippte sie hoch, und die Stahlfläche der Münze fing das Licht auf, während sie durch die Luft flog. Er fing sie auf, schnippte sie wieder hoch, und sah gelangweilt den Reflexen zu. Rostfreier Stahl war eine gute Währungsgrundlage auf einem Planeten, der alle Metalle importieren mußte.

Pirenne blickte auf und kniff die Augen zusammen. »Hören Sie auf!« sagte er gereizt.

»Äh?«

»Dieses infernalische Münzenschnippen. Hören Sie auf!«

»Oh.« Hardin steckte die Metallscheibe ein. »Sagen Sie mir, wenn Sie fertig sind, ja? Ich habe versprochen, wieder im Stadtrat zu sein, bevor das neue Adquädukt zur Abstimmung kommt.«

Pirenne seufzte und schob seinen Sessel vom Schreibtisch zurück. »Ich bin soweit. Aber ich hoffe, Sie werden mich nicht mit Angelegenheiten der Stadt behelligen. Erledigen Sie das bitte selbst. Die Enzyklopädie beansprucht meine ganze Zeit.«

»Haben Sie schon das Neueste gehört?« fragte Hardin phlegmatisch.

»Das Neueste?«

»Nun, die Nachricht, die man in Terminus City vor zwei Stunden über Ultrawelle empfangen hat. Der kaiserliche Gouverneur der Präfektur Anacreon hat sich den Königstitel zugelegt.«

»So? Na und?«

»Das bedeutet«, erwiderte Hardin, »daß wir von den inneren Regionen des Reiches abgeschnitten sind. Ist Ihnen klar, daß das Territorium von Anacreon quer über die letzte uns bisher verbliebene Handelsroute nach Santanni, Trantor und Wega verläuft? Woher soll denn unser Metall kommen? Wir haben seit sechs Monaten keine Stahl- oder Aluminiumsendung mehr bekommen, und jetzt werden wir überhaupt keine mehr kriegen. Höchstens mit gnädiger Erlaubnis des Königs von Anacreon.«

Pirenne schnalzte ungeduldig mit der Zunge. »Dann eben durch ihn.«

»Aber können wir das? Hören Sie, Pirenne, nach der Gründungsakte dieser Stiftung ist dem Aufsichtsrat des Enzyklopädieausschusses die volle Verwaltungshoheit übertragen worden. Ich als Bürgermeister von Terminus City habe gerade noch das Recht, mich zu schneuzen und vielleicht auch noch zu niesen, falls Sie eine entsprechende Anweisung gegenzeichnen, in der mir dazu die Genehmigung erteilt wird. Jetzt liegt es bei Ihnen und dem Aufsichtsrat. Ich fordere Sie im Namen der Stadt, deren Wohlergehen vom unbehinderten Handel mit der Galaxis abhängt, hiermit auf, eine außerordentliche Sitzung . . .«

»Schluß jetzt! Wir sind hier nicht im Wahlkampf. Hardin, der Aufsichtsrat hat sich nicht gegen die Errichtung einer Stadtregierung auf Terminus ausgesprochen. Wir sehen ein, daß eine solche wegen der Bevölkerungszunahme seit Gründung der Stiftung vor fünfzig Jahren nötig ist, und auch wegen der zunehmenden Zahl von Menschen, die mit Dingen befaßt sind, die mit der Enzyklopädie nichts zu tun haben. *Aber* das bedeutet keineswegs, daß das erste und *einzige* Ziel der Stiftung jetzt nicht länger darin bestünde, die Enzyklopädie allen menschlichen Wissens zu veröffentlichen. Wir sind eine vom Staat unterstützte wissenschaftliche Institution, Hardin. Wir können – dürfen – und *werden* uns nicht in die Lokalpolitik einmischen.«

»Lokalpolitik! Bei der linken großen Zehe des Kaisers, Pirenne, das ist eine Angelegenheit von Leben und Tod. Der Planet Terminus für sich kann eine mechanisierte Zivilisation nicht ernähren. Es fehlt ihm an Metallen. Das wissen Sie. Im Felsgestein an der Oberfläche gibt es keine Spur von Eisen, Kupfer oder Aluminium, und auch sonst sehr wenig. Was, glauben Sie wohl, wird aus der Enzyklopädie werden, wenn dieser sogenannte König von Anacreon anfängt, uns auszuquetschen?«

»*Uns*? Vergessen Sie, daß wir unter der direkten persönlichen Kontrolle des Kaisers stehen? Wir gehören weder der Präfektur Anacreon noch einer anderen Präfektur an. Merken Sie sich das! Wir unterstehen dem Kaiser persönlich, und niemand darf uns etwas anhaben. Das Imperium kann sich schützen!«

»Warum hat es dann den Königlichen Gouverneur von Anacreon nicht daran gehindert, seine Befugnisse zu überschreiten? Und nur Anacreon? – Wenigstens zwanzig der äußersten Präfekturen der Galaxis, genauer gesagt, die gesamte Peripherie, hat angefangen, die Dinge selbst in die Hand zu nehmen. Ich sage Ihnen, ich habe ein verdammt unsicheres Gefühl, wenn ich an das Imperium denke und seine Fähigkeit, uns zu beschützen.«

»Unsinn! Königliche Gouverneure, Könige – was macht das für einen Unterschied? Im Reich hat es immer Machtpolitik gegeben und einige Leute, die in die eine, und einige andere, die in die andere Richtung gezogen haben. Das wäre auch nicht das erstemal, daß sich Gouverneure aufgelehnt hätten, oder, was das betrifft, daß man Kaiser abgesetzt oder ermordet hätte. Aber was hat das mit dem Imperium selbst zu tun? Vergessen Sie es, Hardin! Uns geht das nichts an. Wir sind zuallererst – *zuallerletzt!* – Wissenschaftler. Und unser Interesse gilt der Enzyklopädie. O ja, noch etwas, das hätte ich beinahe vergessen, Hardin!«

»Ja?«

»Unternehmen Sie etwas wegen Ihrer Zeitung!« Pirennes Stimme klang jetzt ärgerlich.

»Das *Terminus City Journal?* Das gehört nicht mir; die Zeitung befindet sich in Privatbesitz. Was hat sie denn gemacht?«

»Sie empfiehlt jetzt schon seit Wochen, daß man das fünfzigste Jubiläum der Errichtung unserer Stiftung zum Feiertag erklären und zum Anlaß höchst unpassender Feierlichkeiten machen soll.«

»Und warum nicht? In drei Monaten wird die Radiumuhr die erste Zeitkapsel öffnen. Ich würde das schon als wichtigen Anlaß bezeichnen, Sie nicht?«

»Aber nicht für albernen Prunk, Hardin. Die erste Zeitkapsel und ihre Öffnung betrifft nur den Aufsichtsrat. Alles von Bedeutung wird dem Volk mitgeteilt werden. Das ist endgültig. Bitte machen Sie das dem *Journal* klar!«

»Es tut mir leid, Pirenne. Aber die Gründungsakte der Stadt garantiert da eine Kleinigkeit, die man als ›Pressefreiheit‹ bezeichnet.«

»Mag sein. Aber der Aufsichtsrat garantiert das nicht. Ich bin der Vertreter des Kaisers auf Terminus, Hardin, und habe in dieser Hinsicht alle Vollmachten.«

Hardins Gesichtsausdruck war anzumerken, daß er innerlich bis zehn zählte. Dann sagte er grimmig: »Dann habe ich Ihnen im Zusammenhang mit Ihrer Eigenschaft als Vertreter des Kaisers noch etwas mitzuteilen.«

»In bezug auf Anacreon?« Pirennes Lippen preßten sich zusammen. Er war jetzt wirklich ärgerlich.

»Ja. Man wird uns einen Sonderbotschafter von Anacreon schicken. In zwei Wochen.«

»Einen Botschafter? Hier? Von Anacreon?« Pirenne brauchte eine Weile, um das zu verdauen. »Wozu?«

Hardin stand auf und schob seinen Stuhl gegen den Schreibtisch. »Dreimal dürfen Sie raten.«

Und damit ging er – ohne großes Zeremoniell.

Anselm haut Rodric – wobei »haut« adeliges Geblüt kennzeichnete – Subpräfekt von Pluema und Sonderbotschafter Seiner Hoheit von Anacreon – plus ein halbes Dutzend weiterer Titel – wurde von Salvor Hardin am Raumhafen mit dem ganzen Pomp eines Staatsbesuches empfangen.

Der Subpräfekt hatte mit einem schmallippigen Lächeln und einer tiefen Verbeugung seinen Blaster aus dem Halfter gezogen und ihn mit dem Kolben voran Hardin präsentiert. Hardin erwiderte das Kompliment mit einem Blaster, den er sich eigens für diesen Zweck ausgeborgt hatte. Freundschaft und guter Wille waren damit dokumentiert. Und wenn Hardin an haut Rodrics Schulter eine kleine Ausbuchtung bemerkte, so verzichtete er klugerweise, darauf näher einzugehen.

Der Wagen, in dem sie dann Platz nahmen – von einer angemessenen Wolke geringerer Funktionäre umgeben –, rollte langsam und behäbig zum Cyklopaedia-Platz, wobei ihm eine gebührend begeisterte Menge unterwegs zujubelte.

Subpräfekt Anselm nahm die Jubelrufe mit der selbstgefälligen Gleichgültigkeit des Soldaten und Adeligen entgegen.

Zu Hardin sagte er: »Und diese Stadt ist Ihre ganze Welt?«

Hardin hob die Stimme etwas an, um sich bei dem Geschrei Gehör zu verschaffen. »Wir sind eine junge Welt, Euer Eminenz. In unserer kurzen Geschichte haben uns bis jetzt nur wenige Angehörige des höheren Adels besucht. Daher unsere Begeisterung.«

Es ist verbürgt, daß der »höhere Adel« die Ironie nicht wahrnahm. Vielmehr meinte er nachdenklich: »Vor fünfzig Jahren gegründet. Hm-m-m! Sie haben hier eine ganze Menge ungenutztes Land, Bürgermeister. Sie haben nie daran gedacht, es in einzelne Güter aufzuteilen?«

»Das ist bis jetzt noch nicht notwendig. Wir sind in starkem Maße zentralisiert, das müssen wir sein, wegen der Enzyklopädie. Eines Tages vielleicht, wenn unsere Bevölkerung gewachsen ist . . .«

»Eine seltsame Welt! Sie haben hier keine Bauern?«

Hardin überlegte, daß es eigentlich keines großen Scharfsinns bedurfte, um zu erkennen, daß seine Eminenz seine Neugierde nicht gerade auf subtile Art befriedigte. So erwiderte er beiläufig: »Nein – und Adel auch nicht.«

Haut Rodric hob die Brauen. »Und Ihr Führer – der Mann, mit dem ich mich treffen soll?«

»Sie meinen Dr. Pirenne? Ja! Er ist der Vorsitzende des Aufsichtsrates – und persönlicher Vertreter des Kaisers.«

»*Doktor*? Sonst kein Titel? Ein *Gelehrter*? Und er steht über den zivilen Behörden?«

»Aber natürlich«, erwiderte Hardin liebenswürdig. »Wir sind hier alle mehr oder weniger Wissenschaftler. Schließlich sind wir nicht so sehr eine Nation wie eine wissenschaftliche Stiftung – unter direkter Kontrolle des Kaisers.«

Die Betonung, die Hardin auf diesen letzten Satz legte, schien den Subpräfekten etwas zu beunruhigen. Während der Rest der langsamen Fahrt zum Cyklopaedia-Platz war er in nachdenkliches Schweigen versunken.

Wenn Hardin der Nachmittag und Abend, der sich nun anschloß, langweilte, so konnte er immerhin das befriedigende Gefühl gewinnen, daß Pirenne und haut Rodric – nachdem sie sich unter lauten Beteuerungen ihrer gegenseitigen Wertschätzung begrüßt hatten – einander von Herzen widerwärtig fanden.

Haut Rodric hatte Pirennes Vortrag während der »Inspektionstour« des Enzyklopädiegebäudes mit glasigen Augen gelauscht. Mit einem höflichen, leeren Lächeln hatte er sich den Wortschwall des letzteren angehört, während sie durch die weiten Lagerräume mit Referenzfilmen und die zahlreichen Projektionsräume gegangen waren.

Erst als er eine Etage nach der anderen mit den Satzabteilungen, den Redaktionen, den Verlagsabteilungen und schließlich den Filmstudios hinter sich hatte, gab er einen zusammenfassenden Kommentar.

»Das ist alles sehr interessant«, sagte er, »aber mir scheint es doch eine höchst seltsame Tätigkeit für ausgewachsene Männer. Welchen Nutzen bringt das eigentlich?«

Hardin stellte fest, daß Pirenne auf diese Bemerkung die Antwort schuldig blieb, wenn auch sein Gesichtsausdruck Bände sprach.

Das abendliche Dinner war ein Spiegelbild der nachmittäglichen Ereignisse, denn haut Rodric zog die ganze Konversation an sich, indem er – mit minutiösen technischen Einzelheiten und mit unglaublichem Verve – seine eigenen Leistungen als Bataillonsführer während des letzten Krieges zwischen Anacreon und dem benachbarten, jüngst proklamierten Königreich Smyrno schilderte.

Die Einzelheiten des Berichts des Subpräfekten dauerten an, als das Dinner bereits abserviert war und die unteren Beamtenränge sich bereits großteils verflüchtigt hatten. Das letzte Stück triumphierender Schilderung brennender Raumschiffe kam, als er Pirenne und Hardin auf den Balkon begleitet und sich dort in der warmen Luft des Sommerabends entspannt hatte.

»Und jetzt«, sagte er jovial und mit schwerer Zunge, »zu den ernsthaften Angelegenheiten.«

»Unbedingt«, murmelte Hardin und zündete sich eine lange Zigarre aus Wegatabak an – davon sind nicht mehr viele da, dachte er wehmütig – und kippte seinen Sessel auf die beiden Hinterbeine.

Die Galaxis stand hoch am Himmel, und ihre nebelartige Linse erstreckte sich träge von einem Horizont zum anderen. Die paar Sterne hier am Rand des Universums waren im Vergleich dazu unbedeutende Lichtpunkte.

»Natürlich«, sagte der Subpräfekt, »werden alle formellen Gespräche – die Unterzeichnung der Papiere und all diese langweiligen technischen Dinge – stattfinden, bevor das – wie nennen Sie Ihren Rat – . . .?«

»Aufsichtsrat«, erwiderte Pirenne kühl.

»Seltsamer Name! Jedenfalls kommt das morgen. Wir könnten jetzt eigentlich etwas von dem Unterholz wegräumen, Mann zu Mann sozusagen, wie?«

»Und das bedeutet . . .?« drängte Hardin.

»Ganz einfach. Die Situation hier draußen in der Peripherie hat sich ein wenig verändert, und damit ist der Status Ihres Planeten ein wenig unsicher geworden. Es wäre sehr zweckmäßig, wenn es uns gelänge, eine Einigung darüber herbeizuführen, wie die Dinge stehen. Übrigens, Bürgermeister, haben Sie noch eine von diesen vorzüglichen Zigarren?«

Hardin fuhr zusammen und reichte ihm widerstrebend eine hinüber.

Anselm haut Rodric schnüffelte daran und gab ein glucksendes Geräusch des Wohlbehagens von sich. »Wegatabak! Wo haben Sie den her?«

»Wir haben eine letzte Lieferung erhalten. Es ist kaum mehr welcher da. Der Himmel weiß, wann wir wieder welchen bekommen – wenn überhaupt.«

Pirenne runzelte die Stirn. Er rauchte nicht – verabscheute sogar den Geruch. »Ich möchte das ganz klar sehen, Euer Eminenz. Ihre Mission dient einzig und allein der Klarstellung?«

Haut Rodric nickte hinter dem Rauch seines ersten, kräftigen Zuges.

»In diesem Fall wird sie bald vorüber sein. Die Situation in bezug auf die Enzyklopädie-Stiftung Nummer Eins ist dieselbe, die sie immer gewesen ist.«

»Ah! Und was ist sie immer gewesen?«

»Einfach dies: eine vom Staat unterstützte wissenschaftliche Institution und Teil der persönlichen Domäne Seiner Erhabenen Majestät des Kaisers.«

Der Subpräfekt schien davon nicht beeindruckt. Er blies Rauchringe. »Das ist eine hübsche Theorie, Dr. Pirenne. Ich nehme an, Sie haben eine entsprechende Urkunde mit dem kaiserlichen Siegel darauf – aber wie stehen die Dinge denn wirklich? Wie stehen Sie in bezug auf Smyrno? Sie sind keine fünfzig

Parsek von der Hauptwelt Smyrnos entfernt, müssen Sie wissen. Und wie steht es mit Konom und Daribow?«

Pirenne schüttelte den Kopf. »Wir haben mit keinem Präfekten zu tun. Als Teil der persönlichen . . .«

»Das sind keine Präfekturen«, erinnerte ihn haut Rodric, »das sind jetzt Königreiche.«

»Dann eben Königreiche. Wir haben nichts mit ihnen zu tun. Als wissenschaftliche Institution . . .«

»Die Wissenschaft soll der Teufel holen!« fluchte haut Rodric und setzte dann einen Soldatenfluch darauf, der die Luft förmlich ionisierte. »Was, zum Teufel, hat das mit der Tatsache zu tun, wir müßten jederzeit damit rechnen, daß Terminus von Smyrno übernommen wird?«

»Und der Kaiser? Würde der da untätig zusehen?«

Haut Rodric wurde wieder ruhig und sagte: »Nun, Dr. Pirenne, Sie respektieren das Eigentum des Kaisers, und das tut Anacreon natürlich auch, aber Smyrno könnte das anders sehen. Ich darf Sie erinnern, daß wir gerade einen Vertrag mit dem Kaiser unterzeichnet haben – ich werde Ihrem Aufsichtsrat morgen eine Kopie des Vertrages vorlegen –, der uns die Verantwortung dafür überträgt, innerhalb der Grenzen der alten Präfektur Anacreon im Auftrage des Kaisers Ruhe und Ordnung zu garantieren. Unsere Pflicht ist damit eindeutig definiert, nicht wahr?«

»Sicherlich. Aber Terminus gehört der Präfektur Anacreon nicht an.«

»Und Smyrno . . .«

»Terminus gehört auch nicht der Präfektur Smyrno an. Überhaupt keiner Präfektur.«

»Weiß Smyrno das?«

»Mich interessiert nicht, was Smyrno weiß.«

»*Uns* schon. Wir haben gerade einen Krieg mit Smyrno beendet. Die halten immer noch zwei Sternensysteme besetzt, die uns gehören. Terminus befindet sich an einem höchst wichtigen strategischen Punkt zwischen den beiden Nationen.«

Hardin fand das Gespräch ermüdend. So schaltete er sich ein: »Was schlagen Sie vor, Euer Eminenz?«

Der Subpräfekt schien durchaus bereit, mit der Plänkelei aufzuhören und zu direkten Aussagen überzugehen. Er meinte kühl: »Da Terminus sich nicht selbst verteidigen kann, scheint es völlig klar, daß Anacreon um seiner selbst willen diese Aufgabe übernehmen muß. Sie verstehen, daß wir keineswegs den Wunsch verspüren, uns in Fragen der inneren Administration einzumischen . . .«

»Mhm«, brummte Hardin trocken.

». . . aber wir glauben, daß es im Interesse aller Beteiligten wäre, wenn Anacreon einen militärischen Stützpunkt auf dem Planeten errichtete.«

»Und das ist alles, was Sie wünschen – einen militärischen Stützpunkt irgendwo in dem riesigen, unbenutzten Gebiet –, und dabei würden Sie es bewenden lassen?«

»Nun, da wäre natürlich noch der Unterhalt der Schutzstreitkräfte.«

Hardins Sessel krachte auf alle vier Beine herunter, und seine Ellbogen stützten sich auf seine Knie. »Jetzt kommen wir zum Thema. Wollen wir es doch einmal klar aussprechen. Terminus soll also zum Protektorat werden und Tribut bezahlen.«

»Nicht Tribut. Steuern. Wir beschützen Sie. Dafür bezahlen Sie.«

Pirenne hieb in seinem plötzlichen Ausbruch von Heftigkeit mit der Faust auf die Stuhllehne. »Lassen Sie mich reden, Hardin! Euer Eminenz, ich gebe keinen halben Credit für Anacreon, Smyrno, Ihre ganze Lokalpolitik und Ihre lächerlichen Kriege. Ich sage Ihnen noch einmal, daß dies hier eine vom Staat getragene steuerfreie Institution ist.«

»Vom Staat getragen? Aber *wir* sind der Staat, Dr. Pirenne, und wir tragen Sie nicht.«

Pirenne sprang wütend auf. »Euer Eminenz, ich bin der persönliche Vertreter . . .«

»Seiner Erhabenen Majestät des Kaisers«, äffte ihn Anselm haut Rodric nach, »und ich bin der direkte Vertreter des Königs von Anacreon. Anacreon liegt ein gutes Stück näher, Dr. Pirenne.«

»Wir wollen wieder zum Geschäft kommen«, drängte Hardin. »Wie würden Sie denn diese sogenannten Steuern wollen, Euer Eminenz? Würden Sie sie in Naturalien akzeptieren: Weizen, Kartoffeln, Gemüse?«

Der Subpräfekt starrte ihn an. »Was, zum Teufel, soll das? Was sollen wir denn *damit*? Davon haben wir selbst genug, mehr als genug sogar. Gold natürlich. Chrom oder Vanadium wären übrigens noch besser, wenn Sie davon genug haben.«

Hardin lachte. »Genug. Wir haben nicht einmal genug Eisen. Gold! Schauen Sie sich unsere Währung an.« Er warf dem Botschafter eine Münze hin.

Haut Rodric fing sie auf und starrte sie an. »Was ist das? Stahl?«

»Ganz richtig.«

»Ich verstehe nicht.«

»Terminus ist ein Planet, der praktisch keine Metalle besitzt. Wir importieren sie alle. Demzufolge haben wir kein Gold und auch nichts, womit wir Sie bezahlen könnten, sofern Sie nicht ein paar tausend Sack Kartoffeln wollen.«

»Nun – Fertigerzeugnisse.«

»Ohne Metall? Woraus sollen wir denn Maschinen machen?«

Ein paar Augenblicke lang herrschte Stille, dann versuchte es Pirenne aufs neue: »Diese ganze Diskussion geht am Thema vorbei. Terminus ist kein Planet, sondern eine wissenschaftliche Stiftung, die eine große Enzyklopädie vorbereitet. Himmel noch mal, Mann, haben Sie denn keinen Respekt vor der Wissenschaft?«

»Enzyklopädien gewinnen keine Kriege.« Haut Rodrics Stirn furchte sich. »Also eine völlig unproduktive Welt – und obendrein praktisch unbewohnt. Nun, Sie könnten mit Land bezahlen.«

»Was meinen Sie damit?« fragte Pirenne.

»Diese Welt ist so gut wie leer, und das nicht genutzte Land ist wahrscheinlich fruchtbar. Es gibt in Anacreon viele Angehörige des Adels, die gerne ihre Güter erweitern würden.«

»Sie können doch unmöglich . . .«

»Sie brauchen mich gar nicht so erschreckt anzusehen, Doktor. Da ist für uns alle genug da. Wenn alles so läuft, wie ich es annehme, und Sie uns unterstützen, könnten wir es wahrscheinlich so arrangieren, daß Sie nichts verlieren. Man kann ja Titel verleihen und Güter zuweisen. Sie verstehen doch, denke ich.«

Pirenne verzog angewidert das Gesicht. »Vielen Dank!«

Und dann fragte Hardin ganz unschuldig. »Könnte Anacreon uns mit ausreichenden Mengen von Praseodymium für unser Atomkraftwerk beliefern? Wir haben nur noch für ein paar Jahre Vorrat.« Pirenne hielt die Luft an, und dann herrschte minutenlang völliges Schweigen. Als Haut Rodric wieder sprach, klang seine Stimme völlig anders als vorher:

»Sie verfügen über Atomkraft?«

»Sicher. Was ist daran so ungewöhnlich? Ich denke, die Atomkraft wird jetzt seit fünfzigtausend Jahren genutzt. Warum sollten wir sie nicht haben? Nur, daß es ein wenig schwierig ist, Praseodymium zu beschaffen.«

»Ja . . . ja.« Der Botschafter hielt inne und fügte nach einer Weile etwas unsicher hinzu: »Nun, meine Herren, wir können das Thema ja morgen weiter besprechen. Wenn Sie mich jetzt entschuldigen . . .«

Pirenne blickte ihm nach und stieß zwischen zusammengebissenen Zähnen hervor: »Ein unerträglicher, schwachköpfiger Esel! Dieser . . .«

Hardin ließ ihn nicht weitersprechen: »Ganz und gar nicht. Er ist nur das Produkt seiner Umgebung. Er versteht nicht viel mehr als ›ich habe eine Kanone und du hast keine‹.«

Pirenne wirbelte verzweifelt zu ihm herum. »Was in aller Welt haben Sie sich eigentlich vorgestellt, als Sie von Militärstützpunkten und Tribut sprachen? Sind Sie von Sinnen?«

»Nein. Ich habe ihn nur reden lassen. Sie werden bemerkt haben, daß er da plötzlich mit Anacreons wahren Absichten herausrückte – das heißt, die Aufteilung von Terminus in einzelne Güter. Ich habe natürlich nicht vor, es dazu kommen zu lassen.«

»Sie haben nicht vor! *Sie* haben nicht vor! Und wer sind *Sie*! Und darf ich Sie fragen, was Sie sich eigentlich dabei dachten, als

Sie sich mit unserer Atomkraftanlage aufgeplustert haben? Genau damit machen wir uns zum militärischen Ziel.«

»Ja«, grinste Hardin. »Ein militärisches Ziel, dem man sich besser fern hält. Liegt es denn nicht auf der Hand, weshalb ich das Thema aufs Tapet gebracht habe? Das hat mir einen Verdacht bestätigt, den ich schon lange hatte.«

»Und was war das für ein Verdacht?«

»Daß Anacreon keine auf Atomkraft basierende Wirtschaft mehr hat – und daß deshalb auch der Rest der Peripherie keine mehr besitzt. Interessant, finden Sie nicht auch?«

»Pah!« Übellaunig ließ Pirenne Hardin stehen, und dieser lächelte verschmitzt.

Er warf seine Zigarre weg und blickte zur Milchstraße empor. »Wieder bei Erdöl und Kohle angelangt, wie?« murmelte er – und den Rest seiner Gedanken behielt er für sich.

Als Hardin es leugnete, Besitzer des *Journal* zu sein, sprach er im technischen Sinne vielleicht die Wahrheit, aber das war auch alles. Hardin war die treibende Kraft gewesen, die sich dafür eingesetzt hatte, aus Terminus ein autonomes Gemeinwesen zu machen – man hatte ihn zu seinem ersten Bürgermeister gewählt –, und so überraschte es nicht, daß er, obwohl keine einzige Aktie des *Journal* auf seinen Namen ausgestellt war, doch indirekt sechzig Prozent kontrollierte. Dafür gab es Mittel und Wege.

Als demzufolge Hardin Pirenne vorschlug, daß man ihm gestatten solle, an Sitzungen des Aufsichtsrates teilzunehmen, war es kein reiner Zufall, daß das *Journal* eine ähnliche Kampagne begann. Und dann fand die erste Massenversammlung in der Geschichte der Stiftung statt, in der eine Vertretung der Stadt in der »National«-Regierung gefordert wurde.

Und am Ende kapitulierte Pirenne widerstrebend.

Während Hardin am Fußende des Tisches saß, dachte er darüber nach, woran es eigentlich lag, daß Naturwissenschaftler so schlechte Verwalter waren. Vielleicht lag es einfach daran, weil sie sich zu sehr mit den unbeugsamen Tatsachen und viel zu wenig mit den formbaren Menschen befaßten.

Jedenfalls saßen Tomaz Sutt und Jord Fara zu seiner Linken; Lundin Crast und Yate Fulham zu seiner Rechten, während Pirenne selbst den Vorsitz führte. Natürlich kannte er sie alle, aber im Augenblick schien es ihm, als würden sie für diesen Anlaß ein besonders aufgeblasenes Gebaren an den Tag legen.

Hardin döste während der einleitenden Formalitäten und richtete sich erst auf, als Pirenne an seinem Glas nippte und sagte:

»Es bereitet mir große Befriedigung, dem Aufsichtsrat mitteilen zu können, daß ich seit unserer letzten Zusammenkunft folgende Nachricht erhalten habe: In zwei Wochen wird Lord Dorwin, Kanzler des Imperiums, in Terminus eintreffen. Es darf als sicher angenommen werden, daß unsere Beziehungen mit Anacreon, sobald der Kaiser von der Lage informiert worden ist, zu unserer völligen Zufriedenheit bereinigt werden.« Er lächelte und sah Hardin über die Tischplatte hinweg an. »Das *Journal* ist in diesem Sinne informiert worden.«

Hardin lächelte innerlich. Pirennes Begierde, sich mit dieser Information zu brüsten, war offenkundig einer der Gründe gewesen, daß man ihn ins Allerheiligste gebeten hatte. Laut sagte er nur: »Wenn wir einmal von vagen Formulierungen absehen wollen, was erwarten Sie von Lord Dorwin?«

Tomaz Sutt gab darauf die Antwort. Er hatte die schlechte Angewohnheit, einen in der dritten Person anzusprechen, wenn er in staatsmännischer Stimmung war.

»Es ist ganz offensichtlich«, stellte er fest, »daß Bürgermeister Hardin ein professioneller Zyniker ist. Er kann doch sicherlich nicht übersehen, daß der Kaiser es ganz bestimmt nicht zulassen würde, wenn seine persönlichen Rechte beeinträchtigt werden.«

»Warum? Was würde er in dem Fall denn tun?«

Ein unruhiges Murmeln ging um den Tisch. Pirenne sagte: »Ich muß Sie zur Ordnung rufen«, und fügte nach kurzem Nachdenken hinzu: »Außerdem grenzt Ihre Feststellung an Hochverrat.«

»Soll ich das als Antwort auf meine Frage betrachten?«

»Ja! Wenn Sie noch etwas zu sagen haben . . .«

»Bitte keine vorschnellen Schlüsse. Ich würde gerne eine Frage stellen. Ist, abgesehen von dieser Meisterleistung der Diplomatie – es wird sich noch erweisen, ob sie etwas zu bedeuten hat –, irgendein konkreter Schritt unternommen worden, um der anacreonischen Gefahr zu begegnen?«

Yate Fulham strich sich mit der Hand über den martialischen roten Schnurrbart. »Sie sehen dort also eine Gefahr, nicht wahr?«

»Sie nicht?«

»Kaum« – und dann mit großer Herablassung: »Der Kaiser . . .«

»Du lieber Himmel!« Jetzt ärgerte Hardin sich wirklich. »Was soll das eigentlich? Immer wieder sagt da jemand ›Kaiser‹ oder ›Reich‹, als ob das ein Zauberwort wäre. Der Kaiser ist fünfzigtausend Parsek entfernt, und ich bezweifle, ob er sich auch nur im geringsten für uns interessiert. Und wenn er das tut, was kann er dann schon machen? Was von der kaiserlichen Marine übriggeblieben ist, befindet sich jetzt in der Hand der vier Königreiche, und Anacreon hat auch seinen Anteil abbekommen. Hören Sie, wir müssen mit Kanonen kämpfen, nicht mit Worten!

Und jetzt will ich einmal etwas klarstellen. Bis jetzt hatten wir zwei Monate Gnadenfrist, in erster Linie, weil wir Anacreon die Idee verkauft haben, daß wir über Atomwaffen verfügen. Nun, wir alle wissen, daß das eine kleine weiße Lüge ist. Wir verfügen über Atomkraft, aber nur für kommerziellen Einsatz und überdies verdammt wenig. Das werden die bald herausfinden, und wenn Sie glauben, daß es denen Freude macht, an der Nase herumgeführt zu werden, dann irren Sie sich!«

»Mein lieber Herr . . .«

»Augenblick, ich bin noch nicht fertig!« Hardin begann sich langsam zu erwärmen. Ihm machte das Spaß. »Es ist ja ganz schön, hier Kanzler des Imperiums hineinzuziehen, aber viel netter wäre es, wenn wir ein paar große Belagerungskanonen hineinziehen könnten, die für schöne Atombomben eingerichtet sind. Wir haben zwei Monate verloren, meine Herren, und wir haben vielleicht keine weiteren zwei Monate Zeit. Was, schlagen Sie also vor, sollen wir tun?«

Darauf rümpfte Lundin Crast ärgerlich seine lange Nase und

meinte: »Wenn Sie die Militarisierung der Stiftung vorschlagen, will ich davon kein Wort hören! Das würde unseren offenen Eintritt in das Feld der Politik darstellen. Wir, Herr Bürgermeister, sind eine wissenschaftliche Stiftung und sonst gar nichts.«

Und Sutt fügte hinzu: »Er ist sich darüber hinaus nicht im klaren, daß die Herstellung von Waffen bedeutete, wir müßten Menschen – wertvolle Menschen – von der Enzyklopädie abziehen. Das darf nicht geschehen, komme, was wolle!«

»Sehr richtig«, pflichtete Pirenne ihm bei. »Die Enzyklopädie steht an erster Stelle – stets und immer!«

Hardin stöhnte im Geiste. Der Aufsichtsrat schien unter starkem Enzyklopädie-Fieber zu leiden.

Und er sagte mit eisiger Stimme: »Ist es dem Aufsichtsrat je in den Sinn gekommen, es könne eine entfernte Möglichkeit bestehen, daß Terminus vielleicht auch noch andere Interessen als die Enzyklopädie hätte?«

Pirenne antwortete sofort: »Ich kann mir nicht vorstellen, daß die Stiftung irgendein anderes Interesse als die Enzyklopädie haben kann.«

»Ich sagte nicht die Stiftung; ich sagte *Terminus.* Ich fürchte, Sie mißverstehen unsere Situation. Wir sind hier eine gute Million Leute auf Terminus, und höchstens hundertfünfzigtausend arbeiten direkt an der Enzyklopädie. Für den Rest von uns ist das unser *Zuhause.* Wir sind hier geboren. Wir leben hier. Verglichen mit unseren Farmen und unseren Häusern und unseren Fabriken bedeutet uns die Enzyklopädie sehr wenig. Wir wollen, daß man sie schützt . . .«

Er wurde niedergeschrien.

»Die Enzyklopädie steht an erster Stelle!« stieß Crast hervor. »Wir haben einen Auftrag zu erfüllen!«

»Auftrag, zum Teufel!« schrie Hardin. »Das mag vor fünfzig Jahren gestimmt haben. Das hier ist eine neue Generation!«

»Das hat überhaupt nichts damit zu tun«, erwiderte Pirenne. »Wir sind Wissenschaftler.«

Und Hardin ging sofort darauf ein. »So, sind Sie das? Das ist eine hübsche Halluzination, nicht wahr? Ihr Verein hier ist eine perfekte Halluzination, nicht wahr? Ihr Verein hier ist ein perfektes Beispiel dafür, was seit Tausenden von Jahren an der ganzen Galaxis nicht stimmt. Was für eine Wissenschaft ist es denn, hier jahrhundertelang festzusitzen und die Arbeit von Wissenschaftlern im letzten Jahrtausend zu klassifizieren? Haben Sie je daran gedacht, nach vorne zu arbeiten, deren Wissen *auszudehnen*, es zu verbessern? Nein! Sie sind es zufrieden, wenn man sie stagnieren läßt. Die ganze Galaxis hat sich damit zufriedengegeben, und zwar schon seit undenklichen Zeiten. Deshalb haben die Peripherien rebelliert; deshalb brechen alle Verbindungen zusammen; deshalb hören die Kriege nicht mehr auf, deshalb verlieren ganze Systeme die Atomkraft und fallen in die Barbarei der chemischen Energien zurück.

Wenn Sie mich fragen«, schrie er, »*geht die ganze Galaxis vor die Hunde!*«

Er hielt inne und ließ sich in seinen Sessel zurückfallen, um Atem zu holen, achtete überhaupt nicht auf die zwei oder drei, die versuchten, ihm gleichzeitig zu antworten.

Schließlich verschaffte sich Crast das Wort. »Ich weiß nicht, was Sie mit Ihren hysterischen Feststellungen gewinnen wollen, Herr Bürgermeister. Jedenfalls leisten Sie keinen konstruktiven Beitrag zu unserer Diskussion. Ich stelle den Antrag, Herr Vorsitzender, daß die Bemerkungen meines Vorredners als unzulässig erklärt und aus dem Protokoll gestrichen werden und die Diskussion an dem Punkt wieder aufgenommen wird, wo sie unterbrochen wurde.«

Jetzt regte sich Jord Fara zum erstenmal. Bis zu diesem Augenblick hatte Fara an der Auseinandersetzung nicht teilgenommen, selbst als sie hitzig geworden war. Aber jetzt verschaffte sich seine mächtige Baßstimme Gehör, die ebenso behäbig wirkte wie seine hundertvierzig Kilo Masse.

»Haben wir nicht etwas vergessen, meine Herren?«

»Was?« fragte Pirenne verdrießlich.

»Daß wir in einem Monat unser fünfzigstes Jubiläum feiern.« Fara besaß die Fähigkeit, selbst die nächstliegenden Platitüden mit großem Aplomb von sich zu geben.

»Und was ist damit?«

»Und an jenem Jubiläum«, fuhr Fara behäbig fort, »wird sich Hari Seldons erste Zeitkapsel öffnen. Haben Sie je überlegt, was in der Zeitkapsel sein könnte?«

»Ich weiß nicht. Routineangelegenheiten. Eine vorgefertigte Gratulationsrede vielleicht. Ich glaube nicht, daß man der Zeitkapsel besondere Bedeutung beimessen muß – obwohl das *Journal*. . .« – Und dabei funkelte er Hardin an, der seinen Blick grinsend erwiderte – »sich große Mühe gegeben hat, eine Staatsaktion daraus zu machen. Dem habe ich Einhalt geboten.«

»Ah«, sagte Fara, »aber vielleicht haben Sie unrecht. Ist es Ihnen nicht in den Sinn gekommen . . .« – er hielt inne und legte einen Finger an seine runde, kleine Nase –, »daß sich die Zeitkapsel zu einem sehr gelegenen Zeitpunkt öffnet?«

»Einem sehr *un*gelegenen Zeitpunkt, meinen Sie«, murmelte Fulham. »Wir haben andere Sorgen.«

»Andere Dinge, die wichtiger sind als eine Botschaft von Hari Seldon? Nein!« Fara gab sich noch pompöser als sonst, und Hardin musterte ihn nachdenklich. Worauf wollte der hinaus?

»Tatsächlich«, sagte Fara vergnügt, »scheinen Sie alle zu vergessen, daß Seldon der größte Psychologe seiner Zeit und der Gründer unserer Stiftung war. Das legt doch die Annahme nahe, daß er seine Wissenschaft dazu benutzte, um den wahrscheinlichen Kurs der Geschichte der unmittelbaren Zukunft vorherzubestimmen. Wenn er das getan hat – und das kommt mir sehr wahrscheinlich vor –, dann hat er, ich wiederhole, doch ganz bestimmt eine Möglichkeit gefunden, uns vor Gefahren zu warnen und vielleicht auch eine Lösung vorzuschlagen. Die Enzyklopädie war ihm sehr teuer, wissen Sie.«

Ein paar der Anwesenden nickten nachdenklich. Aber Pirenne zerstreute die aufkommenden Zweifel. »Nun, nun, ich weiß nicht. Die Psychologie ist eine große Wissenschaft, gewiß, aber – ich glaube, im Augenblick sind keine Psychologen unter uns. Mir scheint, wir bewegen uns da auf sehr unsicherem Boden.«

Fara wandte sich zu Hardin. »Haben Sie nicht unter Alurin Psychologie studiert?«

Hardin antwortete halb verträumt. »Ja. Aber ich habe mein Studium nie abgeschlossen. Ich konnte mit der Theorie nicht viel anfangen. Ich wollte Psychologie-Ingenieur werden, aber dazu fehlten uns die Möglichkeiten, also habe ich das Nächstbeste getan - mich der Politik zugewandt. Praktisch ist das das gleiche.«

»Nun, was halten Sie von der ersten Zeitkapsel?«

Und Hardin erwiderte vorsichtig: »Ich weiß nicht.«

Während der restlichen Zeit der Sitzung sagte er kein Wort - obwohl das Gespräch sich wieder dem Kanzler des Imperiums zuwandte.

Genauer gesagt, er hörte nicht einmal zu. Man hatte ihn auf eine neue Spur gesetzt, und die Dinge begannen, langsam Form anzunehmen.

Und der Schlüssel dazu war die Psychologie. Dessen war er sicher.

Er versuchte verzweifelt, sich an die psychologischen Theorien zu erinnern, die er einmal gelernt hatte - und damit wurde ihm eines gleich von Anfang an klar.

Ein großer Psychologe, wie Seldon einer gewesen war, konnte die menschlichen Emotionen und Reaktionen hinreichend entwirren und ausdeuten, um die historische Entwicklung der Zukunft, wenigstens in groben Zügen, vorhersagen zu können.

Und das bedeutete - hm, hm hm!

Lord Dorwin schnupfte. Er trug sein Haar lang und in wohlgeordneten Locken, die ganz offensichtlich künstlich waren; hinzu kam ein Paar flauschiger, blonder Koteletten, die er liebevoll zu streichen pflegte. Dann pflegte er in überaus präzisen Sätzen zu sprechen und »st« klang bei ihm immer wie »s-t«.

Im Augenblick hatte Hardin keine Zeit, sich zusätzliche Gründe für die sofortige Abneigung auszudenken, die er für den blaublütigen Kanzler empfunden hatte. O ja, die eleganten Gesten der einen Hand, mit denen er seine Bemerkungen zu untermalen pflegte, und die einstudierte Herablassung, mit der er selbst ein einfaches Ja zu begleiten pflegte.

Jedenfalls bestand im Augenblick das Problem darin, ihn wiederzufinden. Er war mit Pirenne vor einer halben Stunde verschwunden – buchstäblich vom Erdboden verschwunden, hol ihn der Teufel!

Hardin war ganz sicher, daß Pirenne seine eigene Abwesenheit während der Vorgespräche ganz gelegen kommen würde.

Aber Pirenne war in diesem Gebäudeflügel und diesem Stockwerk gesehen worden. Er mußte einfach jede einzelne Tür ausprobieren. Auf halbem Wege den Korridor hinunter sagte er »Ah!« und betrat den abgedunkelten Raum. Das Profil von Lord Dorwins komplizierter Frisur war vor der beleuchteten Leinwand unverkennbar.

Lord Dorwin blickte auf und sagte: »Ah, Hardin. Ohne Zweifel suchen Sie uns?« Er hielt ihm seine Schnupftabakdose hin – mit Ornamenten überladen und obendrein schlecht gearbeitet, stellte Hardin fest – und erhielt eine höfliche Absage, worauf er sich selbst eine Prise nahm und seine Umgebung mit einem huldvollen Lächeln bedachte.

Pirenne runzelte die Stirn, und Hardin reagierte darauf mit einer Miene völliger Gleichgültigkeit.

Das einzige Geräusch, das die kurze daraufhin eintretende Stille durchbrach, war das Klicken von Lord Dorwins Schnupftabakdose, als er sie schloß. Dann steckte er sie ein und sagte:

»Eine große Leistung, diese Enzyklopädie, Hardin. Wahrhaftig eine Leistung, die sich gleichberechtigt neben den erhabensten Leistungen aller Zeiten einreiht.«

»Die meisten von uns sehen das so. Aber es ist eine Leistung, die bis jetzt noch nicht ganz geleistet ist.«

»Nach dem wenigen, was ich von der Effizienz Ihrer S-tiftung gesehen habe, hege ich diesbezüglich keinerlei Furcht.« Dabei nickte er Pirenne zu, der darauf mit einer entzückten kleinen Verbeugung reagierte.

Die lieben sich ja heiß und innig, dachte Hardin. »Ich habe mich nicht so sehr über das Fehlen von Effizienz beklagt, Mylord, sondern vielmehr über das entschiedene Übermaß an Effizienz seitens der Anacreonier – wenn auch in einer anderen und mehr destruktiven Richtung.«

»Ah ja, Anacreon.« Eine wegwerfende Handbewegung. »Von dort komme ich gerade. Ein barbarischer Planet, völlig unvors-tellbar, daß menschliche Wesen überhaupt hier an der Peripherie leben können. Der Mangel an den elementarsten Bedürfnissen der Kultur; das Fehlen der fundamentalsten Notwendigkeiten für Komfort und bequemlichkeit – die völlige Gleichgültigkeit, die jene . . .«

Hardin unterbrach ihn trocken: »Unglücklicherweise verfügen die Anacreonier über alle elementaren Bedürfnisse für eine Kriegsführung und alle fundamentalen Notwendigkeiten zur Vernichtung.«

»Wahrhaftig, wahrhaftig.« Lord Dorwin schien verstimmt, vielleicht, weil man ihn mitten im Satz unterbrochen hatte. »Aber dieser S-tunde kommt es nicht zu, daß wir über Geschäfte sprechen. Mich beschäftigen jetzt andere Dinge. Doktor Pirenne, wollten Sie mir nicht den zweiten Band zeigen? Bitte, tun Sie das!«

Die Lichter erloschen, und während der nächsten halben Stunde hätte Hardin ebensogut auch auf Anacreon weilen können, wenn man die Aufmerksamkeit in Betracht zog, die sie ihm widmeten. Das Buch auf der Leinwand ergab für ihn wenig Sinn, noch machte er sich die Mühe, ihm zu folgen, aber Lord Dorwin zeigte hie und da geradezu menschlich wirkende Erregung. Hardin stellte fest, daß er während solcher Augenblicke der Erregung sogar fast wie ein normaler Mensch sprach.

Als die Lichter wieder aufleuchteten, sagte Lord Dorwin: »Wunderbar. Wahrhaftig wunderbar! Sie interessieren sich nicht zufälligerweise für Archäologie, mein lieber Hardin?«

»Was?« Hardin riß sich aus seinem abwesenden Traumzustand. »Nein, Mylord, das könnte ich nicht behaupten. Ich bin Psychologe, was meine ursprüngliche Absicht angeht, und Politiker, weil ich mich für diesen Beruf entschieden habe.«

»Ah! Hochinteressante Gebiete, ohne Zweifel. Ich selbst, müssen Sie wissen . . .« – er bediente sich mit einer riesigen Prise Schnupftabak –, »betätige mich als Dilettant in der Archäologie.«

»Wirklich?«

»Seine Lordschaft«, unterbrach Pirenne, »ist sehr gründlich mit diesem Feld vertraut.«

»Nun, mag sein, mag sein«, sagte seine Lordschaft selbstgefällig. »Ich habe sehr intensiv auf diesem Gebiet gearbeitet. Ungeheuer viel gelesen, muß ich sagen. Ich habe den ganzen Jawdun, den Oijasi und Kromwill gelesen . . . oh, praktisch alle, wissen Sie.«

»Von denen habe ich natürlich auch gehört«, sagte Hardin, »aber gelesen habe ich sie nicht.«

»Das sollten Sie wirklich einmal, mein lieber junger Freund. Das würde Ihnen sehr nützen. Ich jedenfalls bin der Ansicht, daß es die Fahrt zur Peripherie gelohnt hat, allein schon diese Kopie von Lameth zu sehen. Ob Sie es nun glauben oder nicht, meine Bibliothek besitzt keine Kopie. Übrigens, Doktor Pirenne, Sie haben doch Ihr Vers-prechen nicht vergessen, mir eine Kopie faxen zu lassen, nicht wahr?«

»Aber mit dem größten Vergnügen.«

»Lameth, müssen Sie wissen«, fuhr der Kanzler im Kathederton fort, »bringt da einen höchst interessanten neuen Aspekt in bezug auf die ›Urs-prungsfrage‹ auf.«

»Welche Frage?« wollte Hardin wissen.

»Die ›Urs-prungsfrage‹. Der Urs-prungsakt der menschlichen Gattung, wissen Sie. Sie wissen doch bes-timmt, daß man glaubt, die Menschheit hätte urs-prünglich nur ein Planetensystem bewohnt.«

»Ja, das weiß ich.«

»Natürlich weiß niemand genau, um welches System es sich dabei handelt – in den Nebeln der Antike versunken, könnte man sagen. Doch da gibt es Theorien. Sirius, sagen manche. Andere beharren auf Alpha Centauri oder Sol oder 61 Cygni – alle im Sirius-Sektor, wie Sie sehen.«

»Und was sagt Lameth?«

»Nun, der schlägt einen ganz anderen Weg ein. Er versucht aufzuzeigen, daß archäologische Überreste auf dem zweiten Planeten des Arkturus-Systems beweisen, die Menschheit hätte dort schon existiert, ehe es Andeutungen von Weltraumverkehr gibt.«

»Und das bedeutet, daß dies der Geburtsplanet der Menschheit war?«

»Vielleicht. Ich muß das Buch gründlich lesen und die Beweise abwägen, ehe ich das mit Sicherheit sagen kann. Man muß sehen, wie verläßlich seine Beob-achtungen sind.«

Hardin blieb eine Weile stumm. Dann sagte er: »Wann hat Lameth sein Buch geschrieben?«

»Oh – ich würde sagen, vor achthundert Jahren. Natürlich baut er es weitgehend auf die vorangegangenen Arbeiten Gleens auf.«

»Warum verlassen Sie sich denn auf ihn? Warum fliegen Sie nicht zum Arkturus und studieren die Ruinen dort selbst?«

Lord Dorwin hob die Brauen und nahm hastig eine Prise Schnupftabak. »Aber – weshalb denn, mein lieber junger Freund?«

»Um die Information aus erster Hand zu bekommen.«

»Aber weshalb denn, *weshalb,* frage ich Sie? Mir scheint das eine ungewöhnlich komplizierte aufwendige Methode, weiterzukommen. Schauen Sie doch, ich besitze die Werke aller alten Meister – die großen Archäologen der Vergangenheit. Die wäge ich gegeneinander ab – bringe die Punkte ins Gleichgewicht, in denen sie sich widers-prechen – s-telle Analysen miteinander im Konflikt s-tehender Aussagen an – entscheide, was mutmaßlich s-timmt – und ziehe meinen Schluß. Das ist die wissenschaftliche Methode. Zumindest . . .« – herablassend – »so, wie *ich* sie sehe. Unerträglich primitiv wäre es doch, nach Arkturus zu fliegen oder nach Sol, zum Beispiel, um dort herumzuwühlen, wo doch die alten Meister all das schon viel wirksamer überprüft haben, als wir das je könnten.«

Hardin murmelte höflich: »Ich verstehe.«

Die wissenschaftliche Methode, zur Hölle mit ihr! Kein Wunder, daß die Galaxis vor die Hunde ging!«

»Kommen Sie, Mylord«, sagte Pirenne, »ich denke, wir sollten jetzt weitergehen.«

»Ah ja. Das sollten wir vielleicht – wahrhaftig.«

Als sie den Raum verließen, sagte Hardin plötzlich: »Mylord, erlauben Sie mir eine Frage?«

Lord Dorwin lächelte huldvoll und unterstrich seine Antwort mit einer graziösen Handbewegung. »Aber si-cher, mein junger Freund. Es ist mir ein Vergnügen, Ihnen zu Diensten zu sein. Wenn ich Ihnen in irgendeiner Weise aus meinem bescheidenen Wissensfundus behilflich sein kann . . .«

»Es betrifft eigentlich nicht die Archäologie, Mylord.«

»Nein?«

»Nein. Es geht um folgendes: Letztes Jahr haben wir hier in Terminus von der Explosion eines Kraftwerks auf Planet V von Gamma Andromeda erfahren. Wir haben praktisch keine Einzelheiten über den Unglücksfall zur Kenntnis bekommen – überhaupt keine Einzelheiten. Ich frage mich, ob Sie mir vielleicht genau sagen könnten, was dort passiert ist.«

Pirenne verzog den Mund. »Ich möchte wissen, weshalb Sie seine Lordschaft mit Fragen über völlig belanglose Dinge belästigen.«

»Aber nein, Doktor Pirenne«, wandte der Kanzler ein. »Es ist schon gut. Es gibt ohnehin nicht viel darüber zu sagen. Das Kraftwerk ist explodiert, eine schreckliche Katas-trophe, wissen Sie. Ich glaube, es sind einige Millionen Menschen dabei umgekommen, und der halbe Planet ist dabei zers-tört worden. Wirklich, die Regierung überlegt ernsthaft, ob der Einsatz von Atomenergie nicht von s-trengsten Vorsichtsmaßnahmen abhängig gemacht werden sollte –, aber Sie vers-tehen natürlich, daß das nicht für die Öffentlichkeit bestimmt ist.«

»Ich verstehe«, sagte Hardin. »Aber was stimmte denn an der Anlage nicht?«

»Nun, wahrhaftig«, erwiderte Lord Dorwin gleichgültig, »wer weiß das schon? Sie war schon vor einigen Jahren einmal ausgefallen, und man nimmt an, daß die Reparaturen höchst nachlässig ausgeführt worden sind. Es ist heutzutage *so* schwierig, Menschen zu finden, die die technischen Einzelheiten unserer Kraftwerke wirklich vers-tehen. In der Tat.« Und er nahm besorgt eine Prise Schnupftabak.

»Es ist Ihnen bewußt«, sagte Hardin, »daß die unabhängigen Königreiche der Peripherie überhaupt nicht mehr über Atomkraft verfügen?«

»Wirklich? Überrascht mich ganz und gar nicht. Barbarische Planeten – oh, aber lieber, junger Freund, nennen Sie sie nicht unabhängig. Das sind sie nicht, müssen Sie wissen. Die Verträge, die mit ihnen abgeschlossen worden sind, beweisen das. Sie erkennen die Oberhoheit Seiner Majestät des Kaisers an. Das mußten sie natürlich, sonst hätten wir keine Verträge mit ihnen geschlossen.«

»Das mag schon sein, aber jedenfalls verfügen sie über beträchtliche Handlungsfreiheit.«

»Ja, ich denke doch. Beträchtlich. Aber das hat ja wohl nur wenig zu sagen. Es ist für das Imperium viel besser, wenn die Peripherie auf ihre eigenen Hilfsmittel angewiesen ist – wie es ja mehr oder weniger der Fall ist. Uns nützen die überhaupt nichts, müssen Sie wissen. *Höchst* barbarische Planeten. Kaum zivilisiert.«

»In der Vergangenheit waren sie zivilisiert. Anacreon war eine der reichsten äußeren Provinzen. Soweit mir bekannt ist, hielt es durchaus Vergleichen mit Wega stand.«

»Oh, aber Hardin, das liegt doch Jahrhunderte zurück. Sie können doch daraus keine Schlüsse ziehen. In unserer glorreichen Vergangenheit lagen die Dinge ganz anders. Wir sind nicht mehr die Männer, die wir einmal waren, wissen Sie. Aber, Hardin, jetzt kommen Sie schon, Sie sind wirklich ein hartnäckiger Mensch, ich hab' Ihnen doch gesagt, daß ich heute nicht über Geschäfte s-prechen will. Doktor Pirenne hat mich schon vor Ihnen gewarnt. Er hat mir gesagt, Sie würden versuchen, mich zu bedrängen, aber dafür bin ich ein viel zu alter Hase. Heben wir uns das doch für morgen auf!«

Und das war's dann.

Dies war die zweite Sitzung des Aufsichtsrates, der Hardin beigewohnt hatte, wenn man die informellen Gespräche nicht mitzählte, die die einzelnen Mitglieder des Aufsichtsrates mit dem inzwischen wieder abgereisten Lord Dorwin geführt hatten. Und doch war der Bürgermeister überzeugt, daß wenigstens noch eine, möglicherweise sogar zwei oder drei Sitzungen stattgefunden hatten, zu denen man irgendwie versäumt hatte, ihm eine Einladung zuzustellen.

Noch, so schien ihm, wäre er von dieser informiert worden, wäre das Ultimatum nicht gewesen. Zumindest lief es auf ein Ultimatum hinaus, wenn man auch beim oberflächlichen Lesen des fernkopierten Dokuments hätte meinen können, daß es sich nur um einen freundlichen Austausch von Grußbotschaften zwischen zwei Potentaten handelte.

Hardin hielt das Papier mit spitzen Fingern. Es begann blumig mit einem Gruß »Seine Mächtige Majestät König von Anacreon an seinen Freund und Bruder, Dr. Lewis Pirenne, Vorsitzender des Aufsichtsrates der Enzyklopädia-Stiftung Nummer Eins« und endete noch prunkvoller mit einem bombastischen mehrfarbigen Siegel von höchst komplizierter heraldischer Symbolik.

Trotzdem war es ein Ultimatum.

Hardin sagte: »Jetzt zeigt sich, daß wir doch nicht viel Zeit hatten – nur drei Monate. Aber so knapp die Zeit auch war, wir haben sie ungenutzt verstreichen lassen. Dieses Ding hier läßt uns eine Woche. Was tun wir jetzt?«

Pirenne runzelte besorgt die Stirn. »Irgendwo muß es doch einen Ausweg geben. Es ist absolut unglaublich, daß sie angesichts dessen, was Lord Dorwin uns bezüglich des Kaisers und des Imperiums zugesichert hat, die Dinge so ins Extrem treiben.«

Hardin blickte auf. »Ich verstehe. Sie haben den König von Anacreon über diese angebliche Haltung informiert?«

»Ja – nachdem ich den Vorschlag dem Aufsichtsrat zur Abstimmung vorgelegt und dessen einstimmige Billigung erwirkt hatte.«

»Und wann hat diese Abstimmung stattgefunden?«

Pirenne zog sich auf seine Würde zurück. »Ich glaube nicht, daß ich Ihnen in irgendeiner Weise zur Rechenschaft verpflichtet bin, Bürgermeister Hardin.«

»Schon gut. So sehr interessiert es mich auch gar nicht. Ich bin nur der Ansicht, daß Ihre diplomatische Bekanntgabe von Lord Dorwins wertvollem Beitrag zur Situation ...« – er hob dabei den rechten Mundwinkel zur Andeutung eines säuerlichen Lächelns – »der direkte Anlaß für diese freundliche kleine Notiz war. Andernfalls hätten sie sich vielleicht noch ein wenig Zeit gelassen – obwohl ich, wenn man die Einstellung des Aufsichtsrates bedenkt, nicht glaube, daß die zusätzliche Zeit Terminus viel genutzt hätte.«

Meinte Yad Fulham: »Und wie gelangen Sie zu diesem bemerkenswerten Schluß, Herr Bürgermeister?«

»Auf recht einfache Weise. Das erforderte nur den Gebrauch eines häufig vernachlässigten Werkzeugs, des gesunden Menschenverstandes. Sehen Sie, es gibt da einen Zweig des menschlichen Wissens, der unter dem Begriff ›symbolische Logik‹ bekannt ist, und den man dazu benutzen kann, alles schmükkende Beiwerk zu entfernen, das manchmal die menschliche Sprache verbirgt.«

»Und?« fragte Fulham.

»Das habe ich getan. Unter anderem habe ich dieses Dokument hier vermittels symbolischer Logik überarbeitet. Für mich selbst brauchte ich das eigentlich nicht, weil ich schon wußte, um was es ging, aber ich glaube, fünf Naturwissenschaftlern kann man es leichter mit Symbolen als mit Worten erklären.«

Hardin nahm ein paar Blätter Papier von dem Block, den er unter dem Arm hielt, und legte sie auf den Tisch. »Ich habe das übrigens nicht selbst gemacht«, sagte er. »Muller Holk von der Logikabteilung hat, wie Sie sehen, die Analysen unterschrieben.«

Pirenne beugte sich über den Tisch, um besser sehen zu können, und Hardin fuhr fort. »Die Nachricht von Anacreon war natürlich ein recht einfaches Problem, weil die Männer, die sie verfaßt haben, Männer der Tat und nicht Männer des Wortes waren. Es läßt sich ganz einfach und geradlinig auf die Aussage reduzieren, die hier in Symbolen dargestellt ist und in Worten in grober Übersetzung lautet: ›Ihr gebt uns das, was wir wollen, binnen einer Woche, oder ihr bekommt einfach Prügel, und wir nehmen es uns trotzdem.‹«

Im Raum herrschte Schweigen, während die fünf Mitglieder des Aufsichtsrates die Symbole betrachteten. Dann setzte sich Pirenne und hüstelte verlegen.

»Kein Schlupfloch, Dr. Pirenne?« fragte Hardin.

»Anscheinend nicht.«

»Also gut.« Hardin legte andere Blätter darüber. »Vor sich sehen Sie jetzt eine Kopie des Vertrages zwischen dem Imperium und Anacreon – ein Vertrag übrigens, der im Auftrag des Kaiser von demselben Lord Dorwin unterzeichnet wurde, der letzte Woche hier war – sowie eine Symbolanalyse.«

Der Vertrag umfaßte fünf Seiten in Dünndruck; die Analyse war auf ein halbes Blatt darunter gekritzelt.

»Wie Sie sehen, meine Herren, lassen sich etwa neunzig Prozent des Vertrages als völlig bedeutungslos herausdestillieren. Und was dann übrig bleibt, ist in der folgenden interessanten Art darzustellen: Verpflichtungen Anacreons gegenüber dem Imperium: *Keine!* Macht des Imperiums über Anacreon: *Keine!*«

Wieder folgten die fünf Männer besorgt der symbolischen Darstellung, überprüften sie hin und wieder im Vertrag, und als sie schließlich fertig waren, meinte Pirenne besorgt: »Das scheint richtig zu sein.«

»Sie geben also zu, daß der Vertrag nichts anderes als eine Erklärung der totalen Unabhängigkeit seitens Anacreon und eine Anerkennung eben dieses Status durch das Imperium ist?«

»So scheint es.«

»Und glauben Sie, daß Anacreon sich dessen nicht bewußt ist und nicht darauf erpicht, seine Position der Unabhängigkeit zu betonen – so daß es natürlicherweise nicht erbaut sein würde, wenn es auch nur den Anschein von Drohungen seitens des Imperiums gäbe. Insbesondere, wo ja offenkundig ist, daß das Imperium nicht die Macht besitzt, solche Drohungen auch wahrzumachen, da es ja sonst die Unabhängigkeit nie zugelassen hätte.«

»Aber«, warf Sutt ein, »wie würde Bürgermeister Hardin dann Lord Dorwins Versicherungen erklären, daß das Imperium uns unterstützen will? Sie schienen . . .« Er zuckte die Achseln. »Nun, sie schienen jedenfalls zufriedenstellend.«

Hardin ließ sich in den Sessel fallen. »Wissen Sie, das ist das Interessanteste an der ganzen Geschichte. Ich muß zugeben, daß ich seine Lordschaft für einen ganz außerordentlich großen Esel hielt, als ich ihn zum erstenmal sah – aber dann stellte sich heraus, daß er in Wirklichkeit ein äußerst fähiger Diplomat und sehr geschickter Mann war. Ich habe mir nämlich die Freiheit genommen, seine sämtlichen Aussagen auf Band aufzunehmen.«

Im Saal wurde es unruhig, und Pirenne klappte erschreckt den Mund auf.

»Na und?« fragte Hardin. »Mir ist völlig klar, daß das ein eklatanter Bruch der Gastfreundschaft war, etwas, das ein sogenannter Gentleman nie tun würde. Außerdem hätte es, wenn seine Lordschaft etwas bemerkt hätte, recht unangenehm werden können; aber das hat er nicht, und ich habe meine Aufzeichnung, und das genügt. Ich nahm mein Band, ließ eine Kopie anfertigen und schickte sie ebenfalls an Holk zur Analyse.«

»Und wo ist die Analyse?« wollte Lundin Crast wissen.

»Das«, erwiderte Hardin, »ist ja das Interessante. Die Analyse war bei weitem die schwierigste von den dreien. Als Holk nach zwei Tagen unablässiger Arbeit endlich alle bedeutungslosen Aussagen, alles vage Geschwätz und alle sinnlosen Ausschmükkungen – kurz gesagt, den ganzen Schaum – herausgeschnitten hatte, stellte er fest, daß ihm nichts übrig geblieben war. Alles hat sich weggekratzt.

Lord Dorwin, meine Herren, hat in fünf Tagen der Diskussion *überhaupt nichts* gesagt, und das, ohne daß Sie das je bemerkt haben. *Da* haben Sie die Zusicherung, die Sie von Ihrem grandiosen Reich bekommen haben.«

Hardin hätte eine Stinkbombe auf den Tisch legen und damit auch nicht mehr Verwirrung erzeugen können, als sie nach seinen letzten Worten im Raum herrschte. Er wartete geduldig, bis die Erregung sich legte.

»Somit haben Sie«, schloß er, »als Sie Drohungen – und das waren es – bezüglich eines Einschreiten des Imperium nach Anacreon schickten, lediglich einen Monarchen gereizt, der es viel besser wußte. Natürlich verlangte sein Ego sofortiges Handeln, und die Folge ist das Ultimatum – womit ich wieder bei meiner ursprünglichen Feststellung wäre. Wir haben eine Woche Zeit, und was tun wir jetzt?«

»Es scheint«, sagte Sutt, »daß wir keine andere Wahl haben, als es Anacreon zu gestatten, Militärstützpunkte auf Terminus einzurichten.«

»Darin stimme ich mit Ihnen überein«, erwiderte Hardin, »aber was unternehmen wir, um sie bei erster Gelegenheit wieder zu verjagen?«

Yate Fulhams Schnurrbart zuckte. »Das klingt ja, als hätten Sie sich dafür entschieden, Gewalt gegen sie anzuwenden.«

»Gewalt«, lautete die Antwort, »ist die letzte Zuflucht des Unfähigen. Aber ich habe ganz bestimmt nicht vor, den roten Teppich auszulegen und die besten Möbel für sie abzustauben.«

»Trotzdem gefällt mir nicht, wie Sie das ausdrücken«, beharrte Fulham. »Das ist eine gefährliche Einstellung; um so gefährlicher, weil wir in letzter Zeit festgestellt haben, daß ein großer Teil der Bevölkerung anscheinend in Ihrem Sinne auf alle Ihre Vorschläge zu reagieren scheint. Ich darf Ihnen vielleicht sagen, Herr Bürgermeister Hardin, daß der Aufsichtsrat gegenüber Ihren jüngsten Aktivitäten keineswegs blind ist.«

Er hielt inne und vernahm ein zustimmendes Murmeln rings um den Tisch. Hardin zuckte die Achseln.

Fulham fuhr fort. »Falls Sie auf die Idee kommen sollten, die Stadt zu irgendwelchen Gewalttätigkeiten aufzuhetzen, würden Sie damit einen Massenselbstmord auslösen – und wir haben nicht die Absicht, das zuzulassen. Unsere Politik hat nur ein Prinzip, und das ist die Enzyklopädie. Was immer wir zu tun oder zu lassen entscheiden, wird so entschieden werden, weil es eine erforderliche Maßnahme ist, die Sicherheit der Enzyklopädie zu garantieren.«

»Dann«, sagte Hardin, »sind Sie also zu dem Schluß gelangt, daß wir unsere Politik intensiven Nichtstuns fortsetzen müssen.«

Darauf meinte Pirenne bitter: »Sie selbst haben demonstriert, daß das Imperium uns nicht helfen kann; obwohl ich nicht ganz begreife, weshalb und wieso das so sein kann. Wenn ein Kompromiß notwendig ist...«

Hardin hatte das alptraumhafte Gefühl, mit höchster Geschwindigkeit zu rennen, ohne von der Stelle zu kommen. »Es *gibt* keinen Kompromiß! Begreifen Sie denn nicht, daß dieses Geschwätz von Militärstützpunkten bloß ganz billiges Gefasel ist? Haut Rodric hat uns gesagt, was Anacreon will – eindeutige Annexion und Einführung seines eigenen Feudalsystems mit adeligen Grundbesitzern und Bauern, die von ihnen abhängig sind. Was von unserem Bluff mit der Atomkraft übrig geblieben ist, zwingt sie vielleicht zu etwas behutsamerem Vorgehen, aber unternehmen werden sie dennoch etwas.«

Er war verärgert aufgestanden, und die anderen mit ihm – mit Ausnahme von Jord Fara.

Und dann begann Jord Fara zu sprechen. »Würden Sie sich bitte wieder alle setzen. Wir sind jetzt, glaube ich, weit genug gegangen. Kommen Sie, Sie brauchen gar nicht so wütend dreinzuschauen, Herr Bürgermeister! Keiner von uns hat Hochverrat begangen.«

»Davon müssen Sie mich erst noch überzeugen.«

Fara lächelte sanft. »Sie wissen ganz genau, daß Sie das selbst nicht glauben. Lassen Sie mich reden!« Seine kleinen, klugen Augen waren halb geschlossen, und auf seinem Kinn glänzten Schweißtropfen. »Es hat wenig Sinn zu verhehlen, daß der Aufsichtsrat zu der Entscheidung gelangt ist, daß die wahre Lösung des Anacreonproblems in dem liegt, was uns in sechs Tagen bei der Öffnung der Zeitkapsel zur Kenntnis gebracht werden wird.«

»Ist das Ihr Beitrag zu der Angelegenheit?«

»Ja.«

»Wir sollen also nichts unternehmen, stimmt das, nur ruhig und gelassen und vom Glauben erfüllt warten, daß der *Deus ex Machina* aus der Zeitkapsel hüpft?«

»Wenn man einmal Ihre emotionellen Formulierungen beiseite läßt, ja.«

»Genial! Wirklich, Dr. Fara, so viel Dummheit grenzt an das Geniale! Ein Geringerer als Sie wäre dazu nicht fähig.«

Fara lächelte nachsichtig. »Ihr Geschmack an Epigrammen ist amüsant, Hardin, aber hier deplaziert. Ich glaube, Sie erinnern sich an meine Argumentation vor drei Wochen bezüglich der Zeitkapsel.«

»Ja, ich erinnere mich. Ich leugne auch nicht, daß Ihre Argumente allein schon vom Standpunkt der Logik aus unhaltbar waren. Sie sagten – bitte, unterbrechen Sie mich, wenn ich etwas Falsches sagen sollte –, daß Hari Seldon der größte Psychologe seiner Zeit war, daß er demzufolge die schwierige und unangenehme Situation vorhersehen konnte, in der wir uns jetzt befinden, daß er demzufolge die erste Zeitkapsel errichtete, um uns einen Ausweg aufzuzeigen.«

»Sie haben meine Idee im wesentlichen erfaßt.«

»Würde es Sie überraschen, wenn ich Ihnen sage, daß ich diese Angelegenheit in den letzten Wochen sehr ausführlich überdacht habe?«

»Sehr schmeichelhaft. Und mit welchem Ergebnis?«

»Mit dem Ergebnis, daß pure Logik nicht genügt. Wir brauchen auch hier wieder ein Quentchen gesunden Menschenverstands.«

»Zum Beispiel?«

»Zum Beispiel, wenn er die Anacreon-Krise vorhergesehen hat, warum hat er uns dann nicht auf irgendeinem anderen Planeten untergebracht, der näher bei den Galaktischen Zentren liegt? Warum hat er uns überhaupt hier draußen plaziert, wo er doch im voraus den Zusammenbruch der Verkehrsverbindungen vorhersehen konnte? Unsere Isoliertheit von der Galaxis, die Bedrohung seitens unserer Nachbarn – und unsere Hilflosigkeit wegen des Fehlens von Metallen auf Terminus? Das mehr als alles andere! Oder, wenn er all dies vorhersah, warum hat er dann die ursprünglichen Siedler nicht im voraus gewarnt und ihnen dann Zeit für die Vorbereitung gegeben, anstatt zu warten, wie er es tut, bis wir am Abgrund stehen, ehe er eine solche Warnung ausspricht?

Und vergessen Sie auch dieses nicht: obwohl er die Probleme schon *damals* vorhersehen konnte, können wir sie *jetzt* ebenso sehen. Wenn er deshalb damals die Lösung vorhersehen konnte, dann sollten wir auch jetzt dazu imstande sein. Schließlich war Seldon kein Zauberer. Es gibt keine Tricks, um ein Dilemma zu lösen, die nur er erkennen kann und wir nicht.«

»Aber Hardin«, erwiderte ihm Fara, »wir sehen doch keine Lösung!«

»Aber Sie haben es doch gar nicht *versucht.* Kein einzigesmal haben Sie es versucht. Zuerst weigerten Sie sich zuzugeben, daß es überhaupt eine Bedrohung gab! Dann setzten Sie Ihren ganzen blinden Glauben auf den Kaiser! Jetzt verlegen sie ihn auf Hari Seldon. Die ganze Zeit haben Sie sich unabänderlich auf irgendeine höhere Autorität oder die Vergangenheit verlassen – nie auf sich selbst.«

Seine Fäuste verkrampften sich. »Das ist eine geradezu krankhafte Einstellung – ein Reflex, der das unabhängige Denken jedesmal dann ausschaltet, wenn Sie sich irgendwelchen Autoritäten gegenübersehen. Sie scheinen überhaupt keine Zweifel daran zu haben, daß der Kaiser mächtiger ist als Sie, oder Hari Seldon klüger. Und das ist falsch, verstehen Sie das denn nicht?«

Aus irgendeinem Grund gab ihm niemand Antwort.

Und Hardin fuhr fort: »Aber das sind nicht nur Sie. Das ist die ganze Galaxis. Pirenne hat Lord Dorwins Vorstellungen von wissenschaftlicher Forschung gehört. Lord Dorwin meinte, man werde dadurch zu einem guten Archäologen, indem man alle Bücher liest, die sich mit dem Thema befassen, Bücher, die von Leuten geschrieben wurden, die seit Jahrhunderten tot sind. Er glaubte, archäologische Rätsel löste man dadurch, daß man widersprüchliche Aussagen gegeneinander abwägt. Und Pirenne hörte zu und erhob keine Einwände! Sehen Sie denn nicht, daß es so einfach nicht geht, daß daran etwas nicht stimmt?«

Wieder der fast flehentliche Ton in seiner Stimme. Wieder keine Antwort.

Er fuhr fort: »Und Sie, meine Herren, und halb Terminus, sind genauso schlimm. Wir sitzen hier und sehen das höchste Gut in der Enzyklopädie. Wir betrachten es als das größte Ziel der Wissenschaft, Daten aus der Vergangenheit zu klassifizieren. Das *ist* wichtig, aber gibt es denn keine weitere Arbeit, die getan werden muß? Wir gleiten zurück und vergessen, sehen Sie das denn nicht? Hier, in der Peripherie, ist das Wissen um die Atomenergie verlorengegangen. Auf Gamma Andromeda ist ein Kraftwerk in die Luft geflogen, weil es schlecht repariert wurde, und der Kanzler des Imperiums beklagt sich, daß Atomtechniker knapp sind. Und die Lösung? Neue auszubilden? – I wo, niemals! Statt dessen schränkt man den Einsatz der Atomkraft ein.«

Und zum drittenmal: »*Sehen* Sie das denn nicht? Das umfaßt die ganze Galaxis. Das ist eine Verherrlichung der Vergangenheit. Das ist der Niedergang – die *Stagnation*!«

Er starrte sie einem nach dem anderen an, und sie fixierten ihn wie gebannt.

Fara erholte sich als erster. »Nun, mystische Philosophien werden uns hier nicht weiterhelfen. Wir wollen die Dinge doch ganz konkret sehen. Leugnen Sie, daß Hari Seldon mit Leichtigkeit die historischen Trends der Zukunft vermittels einfacher psychologischer Techniken hätte ausarbeiten können?«

»Nein, natürlich nicht«, rief Hardin. »Aber wir dürfen uns nicht darauf *verlassen,* daß er uns eine Lösung gibt! Bestenfalls könnte er uns das Problem aufzeigen, aber wenn es je eine Lösung geben soll, müssen wir sie *selbst* finden! Er kann das nicht für uns tun.«

Plötzlich meldete sich Fulham zu Wort. »Was meinen Sie damit – ›Problem aufzeigen‹? Wir *kennen* das Problem.«

Hardin wirbelte zu ihm herum. »So? Das glauben Sie? Sie meinen, Anacreon wäre alles, was Hari Seldon beunruhigen könnte? Da bin ich anderer Ansicht! Ich sage Ihnen, meine Herren, bis jetzt hat noch keiner von Ihnen auch nur andeutungsweise eine Vorstellung von dem, was hier wirklich vor sich geht.«

»Und Sie haben die?« fragte Pirenne feindselig.

»Ich denke schon!« Hardin sprang auf und schob seinen Stuhl weg. Seine Augen blickten kalt und hart. »Wenn hier etwas feststeht, dann, daß die ganze Situation aus dem Halse riecht; hier geht es um etwas viel Größeres als alles, wovon wir bisher gesprochen haben. Stellen Sie sich doch selbst die Frage: Warum gab es denn in der ursprünglichen Bevölkerung der Stiftung mit Ausnahme von Bor Alurin keinen einzigen erstklassigen Psychologen? Und *er* achtete sorgfältig darauf, daß seine Schüler nur in den Grundzügen seiner Wissenschaft ausgebildet wurden.«

Ein paar Augenblicke lang herrschte Schweigen. Dann sagte Fara: »Also gut. Warum?«

»Weil ein Psychologe vielleicht erkannt hätte, was das alles zu bedeuten hatte – und zwar zu früh, als daß es Hari Seldon in den Kram gepaßt hätte. So sind wir einfach weitergestolpert, haben nebelhafte Andeutungen der Wahrheit bekommen und sonst nichts. Und das ist es, was Hari Seldon wollte.«

Er lachte sarkastisch. »Guten Tag, meine Herren!«

Und damit verließ er den Raum.

Bürgermeister Hardin kaute auf seiner Zigarre herum. Sie war ihm ausgegangen, aber er war weit über das Stadium hinaus, in dem man so etwas bemerkt. Er hatte die ganze letzte Nacht nicht geschlafen, und hatte die Vorstellung, daß er auch in der kommenden Nacht nicht schlafen würde. Man sah es ihm an den Augen an.

Müde sagte er: »Und das wäre alles?«

»Ich denke schon.« Yohan Lee fuhr sich mit der Hand ans Kinn. »Wie klingt das?«

»Gar nicht schlecht. Es muß mit aller Frechheit ablaufen, verstehen Sie? Das heißt, es darf kein Zögern geben; keine Zeit, um ihnen Gelegenheit zu geben, die Lage zu erfassen. Sobald wir an dem Punkt sind, wo wir Befehle erteilen können, nun, dann müssen wir sie erteilen, als wären wir dazu geboren; dann werden die aus Gewohnheit gehorchen. Das ist das Wesentliche an einem Coup.«

»Wenn der Aufsichtsrat ohne Beschluß bleibt, und auch nur . . .«

»Der Aufsichtsrat? Mit den Leuten sollten Sie nicht mehr rechnen. Nach dem morgigen Tag werden die als bestimmender Faktor für die Angelegenheiten von Terminus keinen verrosteten halben Credit mehr wert sein.«

Lee nickte langsam. »Und trotzdem verwundert es mich, daß sie bis jetzt nichts unternommen haben, um uns aufzuhalten. Sie haben doch gesagt, daß die nicht völlig im Dunkeln tappen.«

»Fara hat da eine Andeutung gemacht. Und Pirenne beobachtet mich seit meiner Wahl mit dem größten Argwohn. Aber, sehen Sie, sie haben nie über die Fähigkeit verfügt, wirklich zu begreifen, um was es geht. Ihre ganze Ausbildung beruhte auf Autorität. Sie sind sicher, daß der Kaiser allmächtig ist, einfach weil er der Kaiser ist. Und ebenso sind sie sicher, daß der Aufsichtsrat, einfach weil er der Aufsichtsrat ist und im Namen des Kaisers handelt, sich einfach nicht in einer Position befinden *kann*, in der er nicht die Befehle erteilt. Diese Unfähigkeit, die Möglichkeit einer Revolution zu erkennen, ist unser bester Verbündeter.«

Er stemmte sich aus seinem Stuhl und ging an den Wasserkühler. »Es sind keine üblen Burschen, Lee, solange sie sich um ihre Enzyklopädie kümmern – und wir werden dafür sorgen, daß sie in Zukunft genau das tun. Wenn es darum geht, Terminus zu regieren, sind sie hoffnungslos inkompetent. Gehen Sie jetzt und setzen Sie die Dinge in Bewegung! Ich will alleine sein.«

Er setzte sich auf die Schreibtischkante und starrte den Becher mit Wasser an.

Bei der ewigen Galaxis! Wenn er nur wirklich so zuversichtlich wäre, wie er sich gab! Die Anacreonier würden in zwei Tagen landen, und was hatte er schon in der Hand, mit Ausnahme von ein paar Ideen und Vermutungen über das, was Hari Seldon in den letzten fünfzig Jahren bezweckt hatte? Nicht einmal ein richtiger Psychologe war er – nur ein Dilettant mit ein wenig Grundwissen, der versuchte, klüger zu sein als der größte Geist des ganzen Jahrhunderts.

Wenn Fara recht hatte, wenn Anacreon das ganze Problem war, das Hari Seldon vorhergesehen hatte, wenn die Enzyklopädie wirklich alles war, was er bewahren wollte – was war dann der Preis des *coup d'état?*

Er zuckte die Achseln und trank sein Wasser.

Die Zeitkapsel war mit wesentlich mehr als sechs Stühlen ausgestattet, so als hätte man mehr Gesellschaft erwartet. Hardin registrierte das nachdenklich und setzte sich müde in eine Ecke, von den fünf anderen so weit es ging entfernt.

Die Mitglieder des Aufsichtsrates schienen gegen diese Anordnung keine Einwände zu haben. Sie sprachen im Flüsterton miteinander, und bald wurden daraus einsilbige Zischlaute und schließlich verstummte ihr Gespräch ganz. Von ihnen allen schien nur Jord Fara einigermaßen ruhig. Er hatte seine Uhr herausgezogen und starrte sie jetzt an.

Hardin sah auf die eigene Uhr und dann auf den Glaskasten – absolut leer –, der die andere Hälfte des Raums beherrschte. Das war das einzig Ungewöhnliche im Raum, denn abgesehen von der Glaswand deutete nichts darauf hin, daß irgendwo ein Stückchen Radium zerfiel, jenem präzisen Augenblick entgegen, in dem ein Schalter betätigt werden würde, eine Verbindung hergestellt und ...

Die Beleuchtung schwächte sich ab.

Nicht daß die Lichter ausgingen, sie wurden nur gelb und dann so plötzlich dunkler, daß Hardin dabei zusammenzuckte. Er hatte erschreckt zur Deckenbeleuchtung aufgeblickt, und als er die Augen wieder senkte, war der Glaskasten nicht länger leer.

Eine Gestalt befand sich in ihm – eine Gestalt auf einem Rollstuhl!

Ein paar Augenblicke lang sagte sie nichts, sondern schloß das Buch, das sie auf dem Schoß hielt, und strich gedankenverloren mit den Fingern darüber. Dann lächelte die Gestalt, und plötzlich schien das Gesicht zu leben.

Es sagte: »Ich bin Hari Seldon.« Die Stimme war alt und weich.

Beinahe wäre Hardin aufgestanden, um sich seinerseits vorzustellen, aber dann hielt er sich zurück.

Die Stimme fuhr im Gesprächston fort: »Ich kann Sie nicht sehen, wissen Sie, also kann ich Sie auch nicht angemessen begrüßen. Ich weiß nicht einmal, wie viele von Ihnen hier sind, und so muß all das sehr formlos ablaufen. Wenn jemand von Ihnen steht, bitte setzen Sie sich; und wenn Sie gerne rauchen möchten, mir macht das nichts aus.« Er schmunzelte. »Warum sollte es auch? Ich bin gar nicht wirklich hier.«

Hardin griff fast automatisch nach einer Zigarre, ließ es dann aber sein.

Hari Seldon legte sein Buch weg – so als legte er es neben sich auf einen Schreibtisch –, und als seine Finger es losließen, verschwand es.

Er sagte: »Es sind jetzt fünfzig Jahre vergangen, seit diese Stiftung ins Leben gerufen wurde – fünfzig Jahre, in denen die Mitglieder der Stiftung nicht wußten, worauf ihre Arbeit gerichtet war. Es war notwendig, daß sie unwissend waren, aber jetzt besteht diese Notwendigkeit nicht mehr.

Die Enzyklopädie-Stiftung, um einmal damit zu beginnen, ist ein Betrugsmanöver und war das immer!«

Hinter Hardin kam Unruhe auf, und ein oder zwei halb unterdrückte Ausrufe, aber er drehte sich nicht um.

Hari Seldon ließ sich natürlich nicht stören. Er fuhr fort: »Ein Betrugsmanöver in dem Sinne, daß es mir und meinen Kollegen völlig gleichgültig ist, ob jemals auch nur ein Band der Enzyklopädie veröffentlicht wird. Sie hat ihren Zweck erfüllt, weil wir durch sie eine kaiserliche Charta erwirken und sie hunderttausend Wissenschaftler anziehen konnte, die für unseren Plan notwendig waren. Durch die Enzyklopädie haben wie es geschafft, diese Wissenschaftler beschäftigt zu halten, während die Ereignisse sich formten, bis es zu spät war, daß einer von ihnen hätte kehrtmachen können.

In den fünfzig Jahren, in denen Sie an diesem betrügerischen Projekt gearbeitet haben – es hat wenig Sinn, das irgendwie zu beschönigen –, ist Ihr Zufluchtsort vom Rest der Galaxis abgeschnitten worden, und Sie haben jetzt keine Wahl, als sich dem unendlich wichtigeren Projekt zu widmen, welches unser wahrer Plan war und ist.

Zu diesem Zweck haben wir Sie auf einen solchen Planeten und zu einer solchen Zeit gebracht, daß Sie in fünfzig Jahren an einen Punkt manövriert wurden, an dem Sie nicht länger die Freiheit des Handelns besitzen. Von nun an und für die nächsten

Jahrhunderte ist der Weg, den Sie einschlagen müssen, unausweichlich. Sie werden sich einer Folge von Krisen gegenübersehen, so wie sie jetzt vor der ersten stehen, und in jedem Fall wird Ihre Handlungsfreiheit in ähnlicher Weise festgelegt sein, so daß Sie auf einen und nur einen Weg gezwungen werden.

Dieser Weg ist es, den unsere Psychologie ausgearbeitet hat – und zwar aus triftigem Grund.

Seit Jahrhunderten stagniert die galaktische Zivilisation, befindet sich im Niedergang – wenn auch nur einige wenige das erkannten. Aber jetzt löst sich zumindest die Peripherie vom Zentrum des Reiches, und damit ist die politische Einheit des Imperiums zerbrochen. Irgendwo in dem Zeitraum von fünfzig Jahren, der jetzt verstrichen ist, liegt der Punkt, auf den die Historiker der Zukunft einst zeigen werden und von dem sie sagen werden: ›Dies kennzeichnet den Fall des Galaktischen Reiches.‹

Und sie werden recht haben, obwohl es noch einige hundert Jahre dauern dürfte, bis irgend jemand den Fall erkennen wird.

Und nach dem Fall wird die unvermeidbare Barbarei kommen. Eine Periode, die, so sagt es uns die Psychohistorik, unter normalen Umständen dreißig- bis fünfzigtausend Jahre dauern kann. Wir können den Fall nicht aufhalten. Wir wollen es nicht, denn die Kultur des Imperiums hat jegliche Kraft und allen Wert verloren, den sie einmal besessen hat. Aber wir können die Periode der Barbarei, die darauf folgen muß, abkürzen – auf tausend Jahre.

Wie dies zu bewirken ist, können wir Ihnen nicht sagen; ebenso wie wir Ihnen vor fünfzig Jahren nicht die Wahrheit über die Stiftung sagen konnten. Wenn Sie das jetzt entdeckten, so könnte es sein, daß unser Plan scheitert; so wie er gescheitert wäre, wenn Sie den Enzyklopädie-Betrug früher durchschaut hätten. Dann würde nämlich das Wissen um diese Vorgänge Ihre Handlungsfreiheit erweitern, und so würde die Zahl der zusätzlichen Variablen größer werden, als unser Plan bewältigen könnte.

Aber Sie werden es nicht erfahren, denn auf Terminus gibt es keine Psychologen und hat auch außer Alurin keine gegeben – und er war einer der unseren.

Aber dies kann ich Ihnen sagen: Terminus und seine Schwesterstiftung am anderen Ende der Galaxis sind die Samen des Wiederauflebens und somit die künftigen Gründer eines zweiten Galaktischen Reiches. Die augenblickliche Krise ist für Terminus der Anfang eines Weges, der geradewegs zu jenem Höhepunkt führt.

Dies ist übrigens eine recht geradlinige Krise, viel einfacher als viele, die Ihnen noch bevorstehen. Um das Wesentliche herauszuarbeiten: Sie sind ein Planet, der plötzlich von den immer noch zivilisierten Zentren der Galaxis abgeschnitten wurde und den jetzt die mächtigeren Nachbarn bedrohen. Sie sind eine kleine Welt von Gelehrten, umgeben von riesigen und sich schnell ausdehnenden barbarischen Machtballungen. Sie sind eine Insel der Atomkraft in einem wachsenden Meer primitiverer Energie, sind aber dennoch wegen Ihres Metallmangels hilflos.

Sie sehen also, daß Sie harten Notwendigkeiten ausgesetzt sind und daß Ihnen das Handeln aufgezwungen wird. Die Natur jenes Handelns – das heißt, die Lösung für Ihr Dilemma – liegt natürlich auf der Hand!«

Das Bild Hari Seldons griff ins Leere, und plötzlich erschien wieder das Buch in seiner Hand. Er schlug es auf und sagte:

»Aber was für gewundene Pfade auch immer Ihre zukünftige Geschichte einschlagen mag, prägen Sie Ihren Nachkommen immer ein, daß der Pfad von uns markiert ist und daß an seinem Ende ein neues und größeres Imperium steht.«

Und während sein Blick sich auf das Buch senkte, erlosch er plötzlich, und die Deckenbeleuchtung wurde wieder hell.

Hardin blickte auf. Pirenne sah ihn mit zitternden Lippen an.

Die Stimme des Vorsitzenden klang fest, aber ausdruckslos. »Sie hatten recht, scheint es. Wenn Sie uns heute abend um sechs Uhr aufsuchen könnten, wird der Aufsichtsrat mit Ihnen über die nächsten Schritte beraten.«

Sie schüttelten ihm die Hand, einer nach dem anderen, und gingen; und Hardin lächelte bei sich. Sie waren immerhin Wissenschaftler genug, um zuzugeben, daß sie unrecht hatten – aber für sie war es zu spät.

Er sah auf die Uhr. Jetzt war schon alles vorbei. Lees Männer hatten die Macht ergriffen, und der Aufsichtsrat hatte keine Befehle mehr zu erteilen.

Die Anacreonier würden morgen landen, aber auch das war gut so. In sechs Monaten würden auch *sie* keine Befehle mehr erteilen.

Es war tatsächlich so, wie Hari Seldon es gesagt und wie Salvor Hardin es angenommen hatte, seit jenem Tag, an dem Anselm haut Rodric ihm offenbart hatte, daß Anacreon nicht mehr über Atomkraft verfügte – die Lösung für diese erste Krise lag auf der Hand.

Natürlich gebührt der Sieg der überlegenen Rasse – aber überlegen nach welchen Maßstäben – und wessen?

MARK CLIFTON & ALEX APOSTOLIDES

Wir sind zivilisiert!

Die Frauen und Kinder arbeiteten zwischen den Flechten, zupften die fettesten, reifsten Blätter, die ihnen als Nahrung dienten und ihnen die nötige Feuchtigkeit lieferten. So schloß sich der Kreislauf der Symbiose.

Die Männer arbeiteten an der Oberfläche der Kanäle oder in offenen Ausgrabungen. Ihre breiten, mutierten Hände stachen in den steinharten Ton und legten Gräben frei, die mit Sand gefüllt und dann allseits mit Ton abgedichtet wurden. Damit Wasser ohne zu verdunsten und ohne Verlust durch den Sand sickern konnte, von den Polen bis zum Äquator des Mars – unbehindert einsickern konnte, damit die Feuchtigkeit die Flechten eines jeden erreichte, auf daß niemand Durst oder Hunger leiden mochte.

Das Sickerwasser mußte fließen. Nicht einmal aus fernster Vorzeit gab es im Rassengedächtnis die Erinnerung an einen, der mehr als seinen Anteil genommen hätte, denn dies wäre ebenso gewesen, als versuchten die Finger einer Hand Blut von den Fingern der anderen zu stehlen.

Die Marsrasse kannte viele Worte für Zufriedenheit und auch Worte für die Verwandtschaft aller mit allen. Es gab Worte, die die Ekstase beschrieben, die man erlebte, wenn man bei Tag und bei Nacht durch die dünne, schwärzliche Atmosphäre die ewigen Sterne betrachtete. Es gab Worte, die die Freude ausdrückten, die es bedeutete, wenn man die geschlitzten Nasenlöcher öffnete und an jenen geschützten Plätzen tief atmete, wo nicht der ewige Sand wirbelte. Oder die Freude, wenn man die Falten der gummiartigen Haut öffnete, um die schwachen Strahlen der fernen Sonne aufzufangen.

Aber es gab kein Wort für »mein« im Unterschied zu »dein«. Es gab auch nicht den Drang, hinauszurufen »Warum bin ich hier? Was ist der Sinn und Zweck von all dem?«

Alles hatte seinen Zweck - ruhig, gelassen, nichts in Frage stellend. Jeder reparierte oder erweiterte die Sickerkanäle, auf daß andere, Ungeborene, dieselben Freuden und Ekstasen erleben mochten. Die Arbeit an sich war Teil der totalen Freude, und sie widersetzten sich ihr ebenso wenig, wie gesunde Lungen sich nicht der klaren, kühlen Luft widersetzten.

Seit urdenklichen Zeiten - Zeiten, die so weit zurücklagen, daß selbst die Vorstellung eines Anfangs vergessen war - sikkerte das ineinander verwobene Geflecht ihre symbolischen wechselseitigen Abhängigkeit ebenso natürlich durch ihr Leben, wie das wertvolle Wasser durch den Sand der Kanäle sickerte. Und seit ebenso undenklichen Zeiten hatten sie eine Zivilisation geschaffen.

Ihre Art von Zivilisation.

Captain Griswolds Gesicht blieb unverändert ausdruckslos. (Mochte auch das Teil der Legende werden.) Ohne Ausdruck blickte er durch den Bildschirm auf das rote Land, das unter dem Schiff dahinzog, aber er drückte unbewußt die Schultern zurück, atmete tief und genoß das männliche Ziehen seiner Uniform über seiner sich ausweitenden Brust. Resolut verdrängte er das Bild zahlloser Generationen künftiger Schulkinder, die pflichtschuldig ihre Lektion lernten:

›Captain Thomas H. Griswold ergriff am 14. Juni 2018 Besitz vom Mars.‹

Nein, er durfte nicht zulassen, daß irgendein Gefühl der Eitelkeit seine eigenen Erinnerungen an diesen Augenblick störte. Es tat nichts zur Sache, daß sein Name neben den großen Namen aller Zeiten stehen würde. Dennoch konnte man die historische Bedeutung des Augenblicks nicht leugnen.

Lieutenant Atkinsons Stimme riß ihn aus seinen Gedanken und ersparte ihm, sich im Geiste unbescheiden mit der Frage zu beschäftigen, ob er nicht vielleicht seine Schirmmütze etwas mehr zur Seite schieben sollte, weil das besser zum Bild des kühnen Eroberers paßte. Dereinst würde er das Urbild all jener sein, die den Mars besucht hatten . . .

»Wieder ein Kanal, Sir.« Unter ihnen erstreckte sich eine gerade, graugrüne Linie bis zum Horizont und bildete einen scharfen Kontrast zum roten Eisenoxid der Landschaft. Ein ganzer Planet aus Eisenoxid – Eisen – Stahl für die notleidende Technik des westlichen Bündnisses. Der Kapitän war einen kurzen Augenblick verstimmt darüber, daß selbst dieser schmale Streifen das wertvolle Eisenerz verdrängt hatte.

Offensichtlich erfüllten diese Kanäle keinen Zweck. Sein Schiff hatte den Planeten am Äquator umkreist und dann noch einmal von Pol zu Pol. Überall Kanäle, aber sonst nichts. Sie hatten jetzt genug Zeit und Treibstoff vergeudet. Sie mußten landen. Es war offensichtlich, daß es kein intelligentes Leben gab. Aber die geschichtliche Bedeutung des Augenblicks durfte nicht durch irgendwelche Hast beeinträchtigt werden. In den Büchern, die noch geschrieben werden würden, durfte es keine Fragen geben. Es durfte keine akkreditierte Stimme der Kritik geben, die sich erhob.

»Eine Empfehlung an Mr. Berkeley«, sagte er mit scharfer Stimme zu Lt. Atkinson, »und ob er freundlicherweise in den Kontrollraum kommen würde?« Er hielt inne und fügte dann trocken hinzu: »Sobald es ihm paßt.«

Dieser Mister Berkeley. Wie nannten sie den Zivilisten? Einen Ethnologen? Ein Bursche, der angeblich eine Autorität zum Thema Rassen, Zivilisationen, Sitten und Bräuche von Gruppen war. Nun, der Mann war Übergepäck. Es würde hier keine Rassen geben, zu denen er den Kontakt herstellen konnte. Ganz gut so. Diese Zivilexperten mit ihren Theorien – man brauchte denen bloß einen Zahn zu zeigen, und schon reimten sie sich ein Monstrum zusammen. Und wenn man ihnen ein Stück von einem abgeschnittenen Fingernagel zeigte, dann waren die imstande, daraus eine ganze Zivilisation abzuleiten. Unsinn!

»Sie wollten mich sprechen, Captain?« Die Stimme war jung, ruhig, kontrolliert.

Captain Griswold drehte sich ohne Hast um und sah Berkeley an. Nicht nur ein Theoretiker, sondern sogar ein junger Theoretiker. Diese superintelligenten jungen Männer mit ihren scharfen blauen Augen. Eine Menge Kenntnisse, aber kein Wissen. Eine Menge Weisheit, aber kein gesunder Menschenverstand. Er hielt seine Stimme sorgfältig unter Kontrolle und verbarg seinen Mangel an Respekt für den Zivilisten.

»Nun, Mr. Berkeley, jetzt haben wir den Globus geviertelt. Wir haben keine Anzeichen von Zivilisation ausmachen können.«

»Und von den Kanälen halten Sie nichts, Captain?« fragte Berkeley mehr wie aus Neugierde, als um dem anderen zu widersprechen.

»Ich kann nichts von ihnen halten«, antwortete der Kapitän entschieden. »Wir haben auf dem ganzen Planeten keine Gebäude, ja nicht einmal Ruinen gesehen, überhaupt keine Hinweise, daß hier Intelligenz existiert.«

»Ich sehe gerade Linien, die über die halbe Länge einer Welt verlaufen, schon das ist ein Hinweis auf etwas, Sir.« Das war eine Feststellung ohne jede Emphase.

Argumente! Einwände! Kleine Männer, die sich aufblasen müssen, um Bedeutung zu gewinnen – und damit die historische Bedeutung des Augenblicks zerstören. Aber ganz ruhig jetzt. Es durfte keine Erinnerung an kleinliche Konflikte geben.

»Wo sind ihre Bauten, Mr. Berkeley?« fragte er mit geduldiger Toleranz. »Wo ihre Fabriken? Der Rauch ihrer Fabriken? Die Straßen? Die Transporteinrichtungen? Wo sind die Flugzeuge? Selbst diese dünne Luft würde eine schnelle Düsenmaschine tragen. Ich verlange nicht, daß sie Raumschiffe haben, Mr. Berkeley, nur um ihnen Intelligenz zuzubilligen. Ich verlange nicht, daß sie dem Menschen gleich sind. Ich habe auch eine wissenschaftliche Ausbildung erfahren. Und meine Ausbildung sagt mir, daß ich nicht die Existenz von etwas anerkennen kann, auf das es keinerlei Hinweise gibt.«

»Die Kanäle«, antwortete Berkeley. Auch seine Stimme war kontrolliert, weil auch er um die historische Bedeutung des Augenblicks wußte. Aber seine Sorge galt nicht seinem Namen in den Geschichtsbüchern. Er wußte nur zu gut, was die Leute, die die Geschichtsbücher schrieben, um der Zweckmäßigkeit willen mit Individuen anstellten. Seine Sorge war, daß dieser Augenblick nie ein Augenblick tiefster Scham für den Menschen sein durfte. »Vielleicht haben sie keine Bauten und keinen Fabrikrauch, weil sie sie nicht brauchen. Vielleicht haben sie keine Straßen, weil sie nirgendwohin gehen wollen. Vielleicht ist ihr Begriff vom Leben völlig anders als der unsere.«

Griswold zuckte die Achseln. »Wir sprechen eine völlig unterschiedliche Sprache, Mr. Berkeley.«

»Ich fürchte, da haben Sie recht, Captain«, seufzte Berkeley. »Und das könnte sehr tragisch sein. Erinnern Sie sich bitte, daß der europäische Mensch eine völlig andere Sprache als die amerikanischen Indianer, die Majas, die Polynesier, die Afrikaner und die Indonesier sprach . . .« Er hielt inne, als wäre die Liste endlos. »Ich bitte nur darum, daß wir nicht in unserer Hast wieder dieselben Fehler machen.«

»Wir können nicht ewig über dem Planeten schweben«, sagte Griswold gereizt. »Wir haben den Planeten zweimal umkreist. Die anderen Experten drängen zur Landung, damit sie ihre Arbeit beginnen können. Wir haben nach Ihrer Zivilisation gesucht und sie nicht gefunden.«

»Ich ziehe alle Einwände gegen die Landung zurück, Captain. Sie haben völlig recht. Wir müssen landen.«

Das Interkom an der Wand erwachte krächzend zum Leben.

»Beobachtung an Kontrolle. Beobachtung an Kontrolle. Kanalnetz bildet vor uns Kreuzung.«

»Vorbereiten zur Landung, Lieutenant Atkinson«, befahl Griswold scharf. »An der Kreuzung.« Er drehte sich um und blickte auf den Bildschirm. »Dort, Mr. Berkeley, genau vor uns, ein Dutzend – wenigstens ein Dutzend Ihrer Kanäle, die sich an einem Punkt treffen. Wenn es überhaupt eine Zivilisation gäbe, würden Sie die ganz sicher an einem solchen Punkt finden.« Langsam und sorgfältig konstruierte er die Seiten der Geschichte. »Ich wünsche nicht, daß man je auch nur andeutungsweise glaubt, der Kommandant dieses Schiffes oder irgendein Angehöriger seiner Mannschaft hätte es je versäumt, mit der wissenschaftlichen Autorität an Bord zu kooperieren.«

»Das weiß ich, Captain«, antwortete Berkeley. »Und ich stimme Ihnen zu. Die Kreuzung also.«

Servomechanismen seufzten, unerträglich heiße, blaue Flammen zuckten, und das Schiff stand bewegungslos über der Kreuzung der Kanäle. Behäbig langsam sank es herunter; getragen von den Flammensäulen aus seinem Heck, direkt über der Kreuzung, zerschmolz den Sand in den Kanälen zu Glas und ließ ihre Wände unter der Gewalt des sich ausdehnenden Dampfes explodieren. In ihren warmen und geschützten Bauten neben den Kanälen schlossen sich die Nasenschlitze, zogen sich die Augen zusammen, öffneten sich Hautfalten und zogen sich zusammen und öffneten sich dann erneut konvulsivisch im Reflex des Todes.

Es gab nur einen leichten Ruck, als das Schiff, eingehüllt in eine Flammenwolke, auf dem Boden aufsetzte. »Eine gute Landung, Lieutenant«, lobte Captain Griswold. »Wirklich eine gute Landung.«

Er blickte auf und sah auf den Schirm, wo jetzt die Landschaft durch Staub und Dampf allmählich wieder sichtbar wurde.

»Bereiten Sie sich darauf vor, in etwa sechs Stunden von Bord zu gehen, Lieutenant. Bis dahin sollte sich die Hitze hinreichend gelegt haben. Die Schiffsoffiziere, die Ziv ... äh ... die wissenschaftliche Gruppe, eine Gruppe von Männern. Ich werde die Führung übernehmen. Sie, Lieutenant, werden die Fahne und das nötige Gerät für die Zeremonie tragen. Wir werden sie unverzüglich abhalten.«

Auch Berkeley blickte auf den Bildschirm. Er fragte sich, welche Auswirkung die Hitze ihrer Landung auf die Kanäle haben würde. Er fragte sich, weshalb man es für nötig gehalten hatte, genau auf der Kreuzung zu landen; weshalb der Mensch stets instinktiv das tut, was den meisten Schaden anrichtet.

Er tat es mit einem Achselzucken ab. Wo auch immer sie landeten, war vielleicht der falsche Ort gewesen.

Ein Stück von der Landestelle entfernt, wo die Hitze sie nicht hatte erreichen können, begannen die Marsianer aus ihren schützenden Bauten hervorzukommen. Sie hatten den Meteor herabstürzen sehen, und ihr Instinkt pflegte sie dazu zu treiben, den Bau aufzusuchen, wenn sich irgendein bedrohendes Phänomen ereignete.

Flammende Meteore waren schon früher vom Himmel gefallen, aber ihr verbundenes Rassengedächtnis kannte keinen einzigen Fall, wo ein Meteor direkt auf eine Kanalkreuzung gestürzt war. Ihr Bewußtsein nahm den geschmolzenen Sand, die zerbrochenen Tonwände und das durch die Wände zerkochende Wasser, nahm die ganze Vergeudung wahr. Sie spürten, wie das Wasser auf der anderen Seite der Sperre versickerte und den Sand ungefüllt ließ. In den Nerven der eigenen Körper spürten sie die vorausgeahnten Schmerzen feiner Wurzelfäden, die im Sand nach Wasser suchten und es nicht fanden.

Und es überkam sie der Drang, sie alle, die sie in der Region anwesend waren, diesen Meteor zu entfernen; die Kanäle wiederherzustellen, sobald die Hitze dies zuließ. Sie begannen sich zu sammeln, umkreisten den Meteor, umkreisten den in seinem Umkreis verbrannten Boden. Der Drang, ihn zu erreichen, ehe zuviel Wasser verlorenging, trieb sie auf den heißen Boden.

Die ungewohnte Hitze hielt sie zurück. In immer größerer Zahl drängten sie sich unsicher um den Meteor.

Da Captain Griswold ihn nicht gebeten hatte, während der Landeoperation den Kontrollraum zu verlassen, stand Berkeley immer noch da und blickte auf den Bildschirm. Als er die Marsianer aus dem Boden hervorkommen sah, rief er in großer Erregung aus:

»Da sind sie! Da sind sie, Captain!«

Griswold trat neben ihn und blickte auf den Bildschirm. Seine Augen weiteten sich. »Schrecklich«, murmelte er angeekelt. Der Ekel stieg ihm in die Kehle und machte ihn einen Augenblick lang stumm. Aber dann erfaßte ihn wieder der Atem der Geschichte. »Ich nehme an, wir werden uns mit der Zeit an ihr Aussehen gewöhnen«, räumte er ein.

»Das sind die Erbauer, Captain. Wunderbar!« Berkeley war entzückt. »Diese schaufelförmigen Vordergliedmaßen; sie sind die Erbauer!«

»Vielleicht«, räumte Griswold ein. »Aber so wie ein Maulwurf – immerhin, wenn sie intelligent genug wären, daß man sie für Bergwerksarbeiten ausbilden könnte –, aber Sie werden doch diese Geschöpfe sicher nicht als intelligent bezeichnen, Mr. Berkeley?«

»Woher wissen wir das, Captain?«

Aber der Kapitän sah sich vergebens nach Gebäuden, nach Fabrikrauch, nach Straßen um.

»Lieutenant Atkinson!« rief er.

»Ja, Sir.«

»Verbreiten Sie sofort im ganzen Schiff den Befehl, daß die Marsgeschöpfe nicht belästigt werden dürfen.« Er sah zu Berkeley hinüber, während er die Anweisung erteilte, und wandte den Blick dann wieder ab. »Verdoppeln Sie die Zahl der Männer der Landemannschaft und sorgen Sie dafür, daß Sie voll bewaffnet sind.« Dann wieder zu Berkeley gewandt: »Ein guter Führer schützt sich gegen jede Eventualität. Aber es wird kein sinnloses Schlachten geben. Dessen können Sie versichert sein. Ich bin ebenso wie Sie besorgt, daß der Mensch . . .«

»Danke, Captain«, antwortete Berkeley. »Und das Aufpflanzen der Flagge, die Besitznahme?«

»Nun, Mr. Berkeley, was sollen wir tun, jetzt wo wir ein paar – Geschöpfe gesehen haben? Wieder abziehen? Einen ganzen Planeten voll Eisenerz verlassen, damit später das östliche Bündnis von ihm Besitz ergreift? Der Feind ist uns in seiner Technologie nicht weit unterlegen, Berkeley.«

Er erwärmte sich für sein Thema, und sein Kopf hob sich, seine Schultern strafften sich.

»Angenommen, diese Geschöpfe sind intelligent. Angenommen, sie besitzen in irgendeiner Weise Gefühle. Was würde aus ihnen werden, wenn das östliche Bündnis Anspruch auf diesen Planeten erhöbe? Unter uns werden sie wenigstens geschützt sein. Wir werden Reservate einrichten, wo sie in Frieden leben können. Offenbar leben sie in Höhlen unter der Erde; ich sehe keine Gebäude. Diese armseligen Pflanzen müssen ihre einzige Nahrung sein. Was für eine armselige Existenz sie jetzt haben! Das werden wir ändern. Wir werden ihnen ausreichend Nahrung beschaffen, Nahrung, um ihre leeren Mägen zu füllen – wenn sie Mägen haben –, und dann werden wir ihre abstoßende Blöße bekleiden. Wenn sie Verstand haben, um zu lernen, werden wir ihnen Arbeit in unseren Bergwerken und Fabriken geben, das wird sie mit Stolz erfüllen. Wir wären weniger als Menschen, Mr. Berkeley, wenn wir uns nicht unserer Pflicht stellten.«

Das Licht der edlen Absicht leuchtete in seinem Gesicht. Seine eigene Beredsamkeit hielt ihn gebannt. »Wenn«, beendete er seine Rede, »wir uns um die Pflichten kümmern, wird die Vorsehung das Ihre tun!« Das war sehr gut. Hoffentlich würden sie so viel Geschmack besitzen, ihn damit zu zitieren. Es war eine schöne Zusammenfassung seines ganzen Charakters.

Berkeley lächelte wehmütig. Es war nicht aufzuhalten. Es ging nicht darum, die Flagge aufzupflanzen oder den Planeten in Besitz zu nehmen. Der Kapitän hatte recht. Wenn nicht die westliche Allianz, dann ganz sicher die östliche Allianz. Seine Auseinandersetzung galt nicht dem Kapitän oder der Pflicht, sondern der Vorsehung. Die Angelegenheit sollte nicht jetzt entschieden werden. Sie war bereits entschieden worden – damals als der erste Affenmensch in das Baumnest eines anderen gekrochen war und ihm die Partnerin gestohlen hatte.

Der Mensch nimmt. Ob durch barbarischen Raub oder indem er seine Pflicht erfüllt, wie es sorgfältig ausgeklügelte Diplomatie fordert – der Mensch nimmt.

Berkeley drehte sich um und verließ den Kontrollraum.

Draußen kühlte der Boden ab und sackte in sich zusammen. Der Wind flüsterte trocken über die rote Landschaft, fegte kleine Staubwirbel auf, trieb sie endlos von einem Ort zum anderen. Der Boden war jetzt nicht mehr so heiß, und in dem Maße, wie er abkühlte, schoben sich die Marsianer nach innen. Sie waren von dem Drang erfüllt, diesen Meteor so schnell wie möglich zu erreichen und ihn zu entfernen, dafür zu sorgen, daß das Wasser wieder floß.

»Beobachtung meldet: Boden ist jetzt kühl genug für Ausstieg!« Die magischen Worte schienen die ganze Kabine zu erfüllen.

»Landungstrupp bereithalten zum Ausstieg!« befahl Captain Griswold sofort.

Die Signalglocken hallten durch das Schiff. Auch die Glocke in der Kabine des Lademeisters schlug an. Berkeley zog mit den anderen Wissenschaftlern seinen Schutzanzug an, stülpte sich den durchsichtigen Sauerstoffhelm aus Glassit über den Kopf und befestigte ihn. Gemeinsam mit den anderen stand er an der Luftschleuse und wartete auf den Kapitän.

Und der Kapitän ließ sie nicht warten. In genau dem richtigen Augenblick, mit nur einem flüchtigen Blick auf die fotografischen Geräte, schritt der Kapitän vor seinen Offizieren zur Luftschleuse. Die luftdichten Türen des Korridors hinter ihnen schlossen sich, schlossen die ganze Gruppe vom Rest des Schiffes ab, machten den Korridor selbst zu einer großen Schleuse.

Ein langes Seufzen ertönte, und dann schoben sich die riesigen Schleusentore träge zur Seite. Aus dem Korridor fegte Luft nach draußen, als der stärkere Innendruck sich mit der dünnen Marsluft mischte. Und mit der Luft fegten Fungusspuren, Viren und Mikroben nach draußen; die meisten von ihnen gingen unter den fremden Lebensumständen zugrunde, aber einige überlebten – und gediehen.

Das rote Licht über der Schleuse blinkte. Die Offiziere, die Wissenschaftler, die bewaffneten Männer beobachteten das Licht gebannt. Jetzt blinkte es zum letztenmal. Die Schleusentore standen offen. Die große Rampe senkte sich zu Boden.

In geordneter militärischer Reihe, mit dem Kapitän an der Spitze, durchschritt die Landungsgruppe den Korridor, die Schleusen, schritt hinaus auf die Rampe unter dem blauschwarzen Himmel und hinunter auf den roten Boden. Captain Griswold war der erste Mensch, der seinen Fuß auf den Mars setzte. Man schrieb den 14. Juni 2018. Der Fotograf war der zweite.

Jetzt schoben sich die Marsianer näher an das Schiff heran, aber der Boden war für ihre ungeschützten Füße immer noch zu heiß. Sie waren erfüllt von dem zwingenden Drang, den Meteor zu entfernen. Die Bewegung der Männer, die das Schiff verließen, war für sie nicht mehr als ein weiterer unverständlicher Aspekt dieses unglaublichen Meteors.

Der Klang eines Horns durchdrang die dünne Luft, aufgenommen und verstärkt vom Lautsprecher des Schiffs. Er hallte in den Helmen der Männer der Landungsgruppe, die nun am Fuße der Rampe einen Halbkreis bildete.

Captain Griswold, das Gesicht so starr wie das der Marmorstatue, die man ihm errichten würde, streckte die Hand aus und nahm von Lieutenant Atkinson die Fahne entgegen. Er pflanzte sie auf, indem er sie ohne eine falsche Bewegung in den Dreifuß steckte, den einer der Männer zu diesem Zweck auf dem verbrannten Boden abgestellt hatte.

Captain Griswold wies nach Norden, nach Süden, nach Osten und nach Westen. Er legte die Hände aneinander, die Handflächen nach unten gerichtet, die Arme ganz vor sich ausgestreckt. Dann breitete er die Arme aus, drehte die Hände nach unten, führte sie wieder zusammen und nach oben, womit er einen Kreis beschrieb, der den ganzen Planeten umfaßte. Er streckte die rechte Hand aus und erhielt von Lieutenant Atkinson die Rolle gereicht.

Mit einer entschlossen wirkenden Geste, die aber keineswegs theatralisch wirkte, entrollte er sie. Er las mit einer Stimme, die fest genug war, um die ganze Nachwelt zu beeindrucken:

»Kraft der mir vom Obersten Rat der Westlichen Allianz verliehenen Vollmacht, den einzig wahren Vertretern der Erde und der Menschheit, ergreife ich im Namen unseres Präsidenten, des

Obersten Rates der Westlichen Allianz der Erde, und im Namen Gottes Besitz von diesem ganzen Planeten.«

Der Boden war jetzt genug abgekühlt, daß ihre Füße es ertragen konnten. Der Schmerz war zwar groß, aber er war klein im Vergleich zu dem größeren Schmerz, den das Gefühl der tödlichen Behinderung ihrer Kanäle durch diesen großen Meteor hervorrief. Die Marsianer begannen unaufhaltsam nach innen zu drängen.

In dem Augenblick, der dem großen Augenblick der Zeremonie der Besitzergreifung folgte, während die Männer unsicher von einem Fuß auf den anderen traten, sah Lieutenant Atkinson, daß die Marsianer näher gekommen waren und sich immer noch bewegten.

»Die Monster!« rief er erschreckt aus. »Sie greifen an!«

Berkeley blickte auf, und seine lange Erfahrung ließ ihn sofort ihr wahres Ziel erkennen.

»Nicht uns!« schrie er. »Das Schiff!«

Vielleicht waren seine Worte noch unglücklicher, als es Schweigen gewesen wäre, denn das Schiff war für Captain Griswold von weit größerer Bedeutung als die eigene Person.

»Halt!« schrie Griswold den sich näherschiebenden Marsianern entgegen. »Halt, oder ich schieße!«

Die Marsianer achteten nicht darauf. Langsam schoben sie sich nach vorne; jeder Schritt auf dem heißen Boden war ihnen eine Tortur, aber ein Schmerz, den man ertragen konnte. Die größere Tortur, der Schmerz, den sie nicht ertragen konnten, war der Drang, sich gegen diesen Meteor zu pressen, ihn wegzuschieben, um die Kanalkreuzung wieder freizumachen. So wie ein Mann, dem man den Atem unterbricht, verzweifelt um Luft kämpft und sich für nichts anderes interessiert, so spürten sie die Verzweiflung des austrocknenden Sandes.

Sie kamen näher.

»Zum letztenmal!« schrie Griswold, »Halt!« Er machte eine Handbewegung, als wollte er sie zurückschieben, als wollte er ihnen durch Zeichen klarmachen, was er meinte. Und dann suchten seine Augen unwillkürlich die Berkeleys, ein bittender, hilfloser Blick. Berkeley sah den Blick und las die Angst in ihm, das tragische Flehen des Mannes, nicht den Zorn oder die Verachtung der Nachwelt zu erwecken.

Es war nur ein kurzer Blick, den die beiden Männer tauschten, und dann war es vorbei. Captain Griswolds Kopf hob sich, seine Schultern strafften sich angesichts der vorrückenden Ungeheuer. Sie waren jetzt ganz nahe und kamen noch näher. So war das immer mit Experten, sie berieten einen dann, wenn man den Rat nicht brauchte. Wenn die Karten auf dem Tisch lagen, dann konnten sie bloß hilflos die Achseln zucken und verlegen lächeln.

Er gab den Befehl, und jetzt war da keine Unsicherheit mehr.

»Feuer!«

Die Feier wurde im Großen Stadion abgehalten, dem größten und teuersten Bauwerk, das der Mensch jemals errichtet hatte. Es war ein würdiger Rahmen für die wichtigeren Sportveranstaltungen, und gelegentlich, wenn das möglich war, ohne die Bahnen des Sports zu stören, nutzte man es auch für Staatsfeierlichkeiten. Jetzt war das Stadion bis zum Rande gefüllt, und die Füße von Tausenden und Abertausenden, die sich hatten Zugang verschaffen können, hatten seinen Boden aufgewühlt.

Von den obersten Rängen, die fast einen halben Kilometer über die Erde aufragten, bis ganz unten im Stadion hallten die Hochrufe und überfluteten die Plattform am nördlichen Ende.

»Griswold! Griswold!«

Noch war nicht die Zeit für die Geschichte gekommen, um Recht über das Massaker zu sprechen. Der Präsident hob die Hand. Die Batterie von Videokameras nahm jede Bewegung auf.

»Unsere Hoffnungen, unsere Ängste, unsere Herzen und unsere Gebete haben diese glorreichen Pioniere auf jeder Meile im Weltall begleitet.« Er wandte sich dem Kapitän zu. »Von den Menschen der Erde, *Admiral* Griswold, überreiche ich Ihnen diesen Orden. Ein neuer Orden für einen Lenker der Vorsehung, einen Erbauer eines Imperiums, Sohn des Menschen!«

Die Stimme versagte ihm, er verstummte.

Die Menge tief unten im Stadion drängte aus der Mitte nach draußen, Schreie der Angst und des Schmerzes hallten. In einem Augenblick, in dem die Menschen hätten schweigen sollen, ehrfurchtsvoll hingerissen von der Bedeutung des Augenblicks, leerte sich das Stadion, aber nicht, weil sie das wollten. Sie wurden zurückgeschoben, nach draußen, so wie ein großes Gewicht sich im Wasser Platz schafft. Diejenigen, die sich nicht weiter nach draußen bewegen konnten, wurden dort zermalmt, wo sie standen.

Und dann erschien das Schiff. Eine nebelhafte Silhouette in unmöglichen Winkeln schimmernd, eher im glitzernden Feuer des Lichts sichtbar als in seiner eigenen soliden Form, als befände sich seine Realität in irgendeiner anderen Dimension und wäre dies nur eine Projektion, so erschien das Schiff.

Die Hand des Präsidenten hob sich, packte Griswolds Schulter, während er sich immer weiter zurückbeugte und die ungeheure Höhe des Schiffes zu erkennen versuchte. Dann ergriff Schweigen die Menge – ein erschreckendes Schweigen.

Eine ganze Minute verstrich. Selbst auf der Plattform, wo sich alle Pioniere des Mars mit den Würdenträgern der Erde versammelt hatten, selbst dort duckten sich die Menschen und versuchten, sich vor diesem nicht sichtbaren, nicht erkennbaren Schrekken zu verstecken.

Aber ein Mann beugte sich statt dessen nach vorne und studierte fieberhaft die schimmernden Umrisse des Schiffs. Ein Mann – Berkeley.

Mit der Ausbildung des Ethnologen, eines Mannes, der eine ganze Zivilisation aus einigen wenigen geheimnisvollen Bruchstücken entziffern kann, erkannte er die atemberaubende Bedeutung dessen, was sich hier vollzog.

Und am Ende dieser Minute schwebte plötzlich eine Gruppe von Gestalten über dem Spielfeld des Stadions.

Schnell erfaßten Berkeleys Augen ihre Gestalt, ihre Farbe, die zunehmende Solidität der Humanoiden. Es gibt einige Bewegungen, einige Gesten, die allen intelligenten Geschöpfen gemeinsam sind – die Pause, die Entscheidung, das Anschwellen von Stolz.

»Nein!« schrie er und trat vor. »O nein! Wir sind zivilisiert! Wir sind intelligent!« Er wurde zurückgezerrt, als er in seinem Schrecken von der Plattform zu springen versuchte, um zu den Humanoiden zu gelangen.

Von kräftigen Händen festgehalten, außerstande, sich zu bewegen, erkannte er, was die Bewegungen der Gruppe bedeuteten, die in der Nähe des Schiffes schwebte. Einer hob einen blitzenden Tentakel und bewegte ihn herum, so als wollte er auf das Stadion, das jämmerlich kleine Raumschiff, das in ihm ausgestellt war, und die Menschenmenge deuten.

Es war offensichtlich, daß der Anführer ihn ignorierte. Er floß einen Schritt nach vorne, den eiförmigen Kopf stolz und arrogant erhoben. Er wies mit dem Tentakel zum Südende des Stadions, und eine Flammensäule erhob sich; ohne daß ihr Brennstoff zugeführt wurde, erlosch das Feuer nie mehr. Symbol der Besitznahme.

Er wies mit seinen Tentakeln nach Norden, nach Süden, nach Osten und nach Westen. Er bewegte seine Tentakel, als wollte er die ganze Erde umfassen.

Und dann entfaltete er ein Blatt und begann zu lesen.

HEYNE BÜCHER

CONAN

**Viele Jahrtausende vor unserer Zeitrechnung bildeten Europa, Asien und Afrika noch eine zusammenhängende Landmasse: den hyborischen Kontinent.
Es ist die Welt und die Zeit von CONAN, dem Abenteurer aus dem düsteren nördlichen Grenzland Cimmerien, der die Steppen und Dschungel, die Gebirge und Ebenen auf der Jagd nach Beute durchstreift.**

Robert E. Howard/
Lin Carter/
L. Sprague de Camp
Conan
06/3202 - DM 6,80

Robert E. Howard/
Lin Carter/
L. Sprague de Camp
Conan von Cimmerien
06/3206 - DM 6,80

Robert E. Howard/
L. Sprague de Camp
Conan der Pirat
06/3210 - DM 6,80

Robert E. Howard/
Lin Carter/
L. Sprague de Camp
Conan der Wanderer
06/3236 - DM 6,80

Karl Edward Wagner
Conan und die Straße der Könige
06/3968 - DM 6,80
(April '83)

Wilhelm Heyne Verlag München

Lin Carter/
L. Sprague de Camp
Conan der Barbar
Das Buch zum Film
06/3889 - DM 6,80

L. Sprague de Camp/
Lin Carter/
Björn Nyberg
Conan der Schwertkämpfer
06/3895 - DM 6,80

Lin Carter/
L. Sprague de Camp
Conan der Befreier
06/3909 - DM 6,80

Andrew Offut
Conan und das Schwert von Skelos
06/3941 - DM 6,80
(Dezember '82)